译文纪实

THE PREMONITIONS BUREAU

Sam Knight

[英]山姆·奈特 著　　潘梦琦 译

预兆局
一个真实的故事

上海译文出版社

第一章

音乐学校开设在一幢普通的排屋里，位于一条通往伦敦城外的道路北端。和邻屋一样，屋子正面抹了灰泥砾石；凸窗搭配蕾丝窗帘，下面整齐地种着精心呵护的玫瑰花。前门框用红砖铺成弯曲的拱门样式，门框左边挂着一块黑色标牌，上面的金色字母自如地显示出不同字体：

洛娜·米德尔顿小姐
钢琴和芭蕾舞蹈教师
卡尔顿府排屋69号，新坎布里奇路

几乎没有人叫她洛娜。她的名字是凯瑟琳；她签名时一般会写"凯茜"或"凯"。对几乎所有认识她的人来说，她就是米德尔顿小姐。她小巧的双手，能弹奏出优美的钢琴旋律。她有一头乌黑鬈发，龅牙，说话时带有新英格兰口音，加上与生俱来的一丝魅力，米德尔顿小姐成了战后埃德蒙顿地区的万人迷。三到四岁的学生来上她的课。许多人在余生都会记得这位非凡人物。

米德尔顿小姐从来不会只是走着进入房间，或傻站在那里。她翩然而至，姿态优雅。她宣称，学校的课程大纲与剑桥大学三一学院、市政厅音乐及戏剧学院和皇家舞蹈学院的教学内容颇有重合。在每节舞蹈课前,她会卷起起居室的地毯,移开椅子,此时 6 名女孩(有时还有 1 名男孩)陆续进入房间,各自靠在书柜旁做手臂练习。米德尔顿小姐背对着学生们弹钢琴,在琴凳上前俯后仰。她周围的家具是深色的,看上去颇为精致。一个缀有黄铜装饰物的真皮沙发安放在窗旁,昭示着继承财富的迹象,这与墙上的廉价复制品画作颇不相称,画上是骑士与羞涩的 18 世纪美人;陈列柜的玻璃门上用胶带贴着有关缺课和迟交学费的警示通知。起居室外的门厅里,下一节课的学生们正在楼梯上等候,她们尽量远离米德尔顿小姐矮小又凶悍的母亲安妮,安妮年轻时是大美人,传言她曾在巴黎做过高级妓女。

米德尔顿小姐称她的学生们是"快乐的卡尔顿人"。一年中,她会筹划几次颇有雄心的学校表演,这让她非常焦虑。安妮会缝制演出服,米德尔顿小姐会与多至 40 名孩子一起排练舞蹈片段,以及需要多名小演员的歌舞剧,或是她十分喜爱的音乐喜剧。在准备演出期间,"快乐的卡尔顿人"不止一次被提醒,米德尔顿小姐也享受过舞蹈职业生涯。69 号的起居室里到处可见演出节目单,上面的日期被仔细地抹去了:一份剪报,日期是她在波士顿公园 5 万观众面前起舞的那天;一张照片,一位年轻女性正在表演大跳,摄影师是"好莱坞的布鲁诺"。

一切尽在不言中。米德尔顿小姐的学生们都有一种目睹值得崇敬之事的预感,尽管此事从未发生,随着时间的推移,他们开始相信老师的雄心远超他们自己的。当学生们进入青少年时期,不再那么认真对待课程时,米德尔顿小姐常常选择与他们分道扬镳。反过来,她的学生注意到,她们很少在 69 号的起居室之外见到米德尔顿小姐。学生间谣传,她的美国口音可能是装出来的。你不会在埃德蒙顿看到她购买食品杂货。尽管她年纪不大(但到底多大,谁也没法真的弄明白),但很明显,米德尔顿小姐的美好希望只留存在过去,她真正的理想从未实现。

在生命的暮年,米德尔顿小姐用打字机记录下她教授音乐的操作指南。我们并不清楚这份指南的目标读者是谁。第五条规则是写给学生的:"不要在不看乐谱的情况下演奏。"第七条规则是教学建议:"尽早教授八度音阶。"第九条规则是一片空白。其中许多条称不上真正的规则,只是米德尔顿小姐的观察和个人劝解。

第十二条规则:尽可能准确地演奏,并尽可能谨记,老师和学生一样,也会头疼或失去耐心。

第二十二条规则:练琴时戴手套的学生的故事。

第二十六条规则:不要一直重复一切。

米德尔顿小姐大约七岁时,一个寒冷的冬日,她从学校回家吃午饭,看着母亲在炉子上煎蛋。"过了大概两分钟,鸡蛋毫无预兆地腾空升起了。它越升越高,几乎要碰到天花板了。"米德尔顿小姐在其自出版的回忆录中写道,书出版于 1989 年。看到这一切,她非常激动,跑回学校告诉朋友们。"等我重复了这个故事一千遍的时候,那些孩子盼望我能飞起来,飞入云端。"她写道。但是安妮很担心,她咨询了一个算命师,对方告诉她,从锅里飞出去的鸡蛋象征着你亲近的人会死去。几周后,安妮一位刚刚结婚的好友去世了,落葬时她还穿着自己的婚纱。

"我没法说清楚当时的真实感受,或是我现在能感觉到什么。"米德尔顿小姐写道。终其一生,她经历过各式各样的预感。她把这种预感比作在拼写测试中知道答案的感觉。她脑中会浮现名字和数字。"似乎是一道光把我引向这些事件,"她这样写道,"或是一个电灯泡。"米德尔顿小姐十一岁时,她感到一阵无法抵御的强烈愿望,促使她联系自己的钢琴老师:一名年轻的德国男子,最近因神经疾病而住院。她巧妙地说服父母给这位老师打电话,之后她得知,老师在公寓里服毒自尽了。"他的死亡近在咫尺,很有可能命数已定,"她推论道,"但如果我能设法联系上他,他就能过来吃晚餐,也许我们就能商量任何问题——我无法摆脱这个想法。"米德尔顿小姐是独女,她感知到的世界,是一个只回应她、只有她能辨认的世界。"一切都像我知道的那样发生了。"她给一位表亲写信说。她的母亲要求她不要再说接下来会发生什么。

米德尔顿小姐认为自己的童年是一生中最幸福的时光。她喜欢追忆自己住过的"有12个房间的大房子",以及她父亲得到的一个"在美国的职位"。事实比这平常得多。安妮和亨利,都是英国人。亨利生于伦敦北部的一个富足家庭,家里是做家具制造生意的,他们在伊斯灵顿和哈克尼地区拥有30处房产。安妮来自利物浦,除了她,家中还有4个孩子。第一次世界大战开始前不久,两人在巴黎相遇,因为遭逢丑闻(安妮在法国留有一个男婴),他们乘坐一艘叫波希米亚的船去往美国。1914年米德尔顿小姐生于波士顿,父亲亨利在波士顿北码头的一家罐头食品商店做机修师,这家店以其辣味火腿而闻名。一家人住在城市边缘的多尔彻斯特。在安妮的引导下,米德尔顿小姐学习钢琴、舞蹈和朗诵。她有一位俄国芭蕾老师,之后她就读于一所崇尚进步主义教育理念的高中,在那里学习服装设计与汽车和收音机修理。她的一位朋友格洛丽亚·吉尔伯特,去了好莱坞发展,因其旋转舞姿而获得"人形陀螺"的称号。但是亨利的工作失败了。1933年,为了躲债,一家人乘船横渡大西洋,回到英国。

重返英国是一件有失尊严的事。卡尔顿府排屋住着皮衣制造工、

米德尔顿小姐（和她的母亲安妮）在伦敦北部埃德蒙顿"快乐的卡尔顿人"演出上

裁纸工和木匠,这个郊区的安静地带迥异于巴黎、好莱坞以及米德尔顿家族其他人的生活。五十岁时,亨利找到了一份车床操作工的工作。生活越来越拮据。米德尔顿小姐参加了萨德勒威尔斯剧院的试演,但她负担不起基本学费。第二次世界大战开始时,她在帕默斯格林地区的国王舞厅担任舞蹈老师,工作的话需在北伦敦横跨约 2.5 公里。她跟着一位叫 E. A. 克鲁沙的管风琴师学习钢琴,在烛光下上课,这位老先生家的窗户在空袭中被震碎了。

1941 年 3 月的一个周六晚上,米德尔顿小姐准备出门,这是去年秋天闪电战以来她第一次出门。国王舞厅要举办圣帕特里克节庆祝活动,她认识的很多人都会在那里。空袭警报响了,还能听到炮弹坠落的隆隆声,但是米德尔顿小姐心意已决。她正要离家时,一位朋友刚好来拜访,她们讨论起去外面是否安全,米德尔顿小姐认为她们应该去。

动身出门之际,米德尔顿小姐感受到"一种最奇怪的直觉"(她事后如此描述),她拉住朋友的胳膊,然后她们返回屋内,和安妮坐在一起玩纸牌。就在她们玩牌时,当晚 8 点 45 分,一枚德军炮弹被防空炮击中,炮弹内负载的烈性炸药掉落在帕默斯格林。国王舞厅里挤满了舞者,一个叫温的十六岁女孩当时和朋友们坐在一起,整个建筑的一侧突然被掀开,她感到一阵猛烈的风,眼看着面前的情侣们跌倒在地。"炸弹落下的时候,你什么都听不到,"她在 BBC 的采访中说,"一切都暗了。"一名水手大喊起来,叫人们靠墙站。温从瓦砾中被人拉了起来。舞厅中的伤亡者被安置在外面的人行道上,只有 2 人死亡。但是,舞厅外的格林路上,一辆无轨电车正好处于爆炸中心。一位名叫乔治·沃尔顿的消防员立刻赶到现场,登上这辆开往南门镇礼堂的电车。车上 43 名乘客均已死亡,他们当时正坐着、站着或阅读报纸,等待到站。

闪电战期间，相信自己的生命曾被预感拯救或改变的人，不在少数。残破的街景和死亡的可能性，让城市成了一个暗藏神秘的地方，人们无法轻易区分什么是真实，什么只存在于脑海中。身处几乎完全发生在夜晚的空袭中，伦敦人试图在可能的地方寻找理智与慰藉。有一位空袭警戒人，他的工作是留心坠落的炮弹，扑灭小火灾。他注意到，每当他擦净自己的橡胶靴，今晚就会是艰难的一夜。所以，他任由靴子脏着。

1942年春天，旨在记录英国人日常生活经历的社会研究机构"大众观察"，询问人们对超自然事物的信仰。约四分之一的受访者相信某种形式的神秘力量，大约相同比例的受访者认为来世是存在的。许多人质疑调查问题的前提，他们问如何才能区分神奇的事物与仅仅尚未被理解的事物。"我不知道'超自然'从哪里开始，'潜意识'到哪里结束。"一位巴尼特区的五十一岁教师如此回答。鬼魂、灵的外质等可归为毛骨悚然类别的事物，显然属于超自然范畴；但是在20世纪中期的英国，诸如心灵感应与人人普遍有过的经历（例如预感），人们对如何归类这些事情意见分歧，后者似乎暗示着身体与心灵中的未知领域。一位参与"大众观察"调查的受访者写道：

有时候，我有强烈的预感，某些事情即将发生。尽管毫无道理，但我就是**知道**。有些预感偶尔有前因后果，其他预感没有一点缘由。最近，在预感到的事件发生后，我才开始严肃对待、思考它们。现在，我会先留意这些预感，然后发现预料中的事情发生了。

1944年夏天，随机的飞弹取代了闪电战期间可预知的夜晚空袭。德国的V1火箭以及之后的V2火箭，可以在白天或夜晚的任何时间发起攻击。对许多伦敦人来说，因为战争，他们度过了五年战战兢兢的日子，飞弹比他们之前经历的任何事都要恐怖。为了迷惑德国间谍与在北欧的火箭瞄准员，报纸上刊登了关于飞弹坠落的错误时间。人们很难弄清楚究竟发生了什么。市民们一次次修正自己的理论：城市的哪些区域是安全的，哪些区域不是？火箭有没有瞄准，还是扎堆坠下？"打仗的时候，直到火箭开始出现，我才觉得害怕。"在舞厅爆炸中幸存的女孩温，后来在 BBC 的采访中如此回忆道。一枚 V2 火箭摧毁了埃德蒙顿的一家军装厂，那里距离温和米德尔顿小姐的居住地不远。"真幸运是在晚上，"温说，"那里肯定被夷为平地了。"保诚公司的精算师罗兰·克拉克在战时为军方情报部门工作，研究 V1 火箭。1946 年他发表了一页文章，描述 V1 火箭在整个伦敦的分布情况。他告诉人们，大多数火箭坠落在伦敦南部跨越 144 平方公里的区域，V1 火箭的攻击态势完全是随机的，遵循一个名为泊松方程的数学公式。1898 年，普鲁士人曾用这个公式来计算被马匹踢伤致死的士兵人数。

到 1960 年代中期，米德尔顿小姐在 69 号的起居室里授课近二十五年了。亨利和安妮都已七十多岁，他们继承了北伦敦霍洛威地区的 4 栋房子，那是一个工人阶级居住区，不久后他们就去世了。米德尔顿小姐养猫，数量成倍增加。一名波兰流亡者莱斯·巴恰雷利一度搬了进来，他在英国邮政总局工作。巴恰雷利在战时就是米德尔顿小姐的情人。他成了她的终身伴侣。而她称他是自己的房客。

预感持续塑造、改变她的生活轨迹。母亲去世后，米德尔顿小姐执着于一个直觉，她第一次经历有关孩子的直觉：安妮早年遗弃的儿子，住在法国河岸边的一栋精致房子里。1962 年，在美国驻巴黎大使馆的帮助下,米德尔顿小姐找到了同母异父的兄弟亚历山大,他住在萨尔特河边一个小镇上的老房子里,在巴黎西南角。

她从没有做过通灵人,似乎也没有因为自己的感知能力而过度困扰。"我看不出为什么这种天赋会比擅长数学更吓人。"米德尔顿小姐如是说。她会把脑海中最近浮现的场景速写拿给自己的学生看,有时也会抱怨所有涌向她的信息。"她有时候会说:'我得把它关掉。我太忙了,太忙了',"她之前的学生克里斯蒂娜·威廉斯回忆说,"然后她会挥挥手。"

发现并不存在的模式,也被称为过度关联妄想(apophenia)。发现根本不存在的意义,这恰是"疯狂"的定义。(1958 年,德国神经病学家克劳斯·康拉德在描述精神分裂症的起源时,想到了这个名词。)但是在我们所见、所听和所想中寻找关联,也是思想本身的定义,而且,在计算物理学或歌曲(只要是别人也能看见或感受到的事物)中寻找一个此前无人发现的模式,我们将之视为天才。"那些白日做梦的人,知晓许多只在夜晚做梦者忽略的事情,"1841 年埃德加·爱伦·坡写道,"在灰色的幻象中,他们瞥见了永恒,清醒后他们激动地察觉自己触摸到重大秘密的边缘。"一百年后,明尼苏达州的一名精神科护士芭芭拉·布伦戴奇如此描述她的一次精神病病发经历:"我感觉一切更生动、更重要了;这种向我袭来的刺激几乎超过了我能忍受的程度。万事万物都有关联——不是巧合。我感到无比有创造力。"

1966 年 10 月 20 日晚,此时米德尔顿小姐已经五十二岁了,她决定在父母继承的一处房子里过夜,房子在霍恩西区的新月路上。她在一楼的空卧室里休息,但是辗转反侧。第二天一早,大约6点,她有一种强烈的不祥预感。"我醒来时感到窒息和气喘,只感觉墙壁都塌陷了。"她不久后写道。巴恰雷利上夜班回来后,米德尔顿小姐告诉他自己碰上的厄兆。巴恰雷利发现她情绪很低落。早上8点,米德尔顿小姐喝了一杯茶,尽管她在早晨几乎不喝东西。

一个多小时后,南威尔士,一群在煤矸石山上劳作的工人也停下来泡了一杯茶。这群人有一个轻便棚屋,里面用煤烧着火,他们在哪里劳作,就把棚屋搬到哪里。那天是周五早晨,秋天天光明亮,没有风。底下的山谷在迷雾中若隐若现,只看得见梅瑟维尔煤矿高大的方形烟囱。第一次世界大战后,煤矿废土在梅瑟山旁的电车轨道上越堆越高。矸石堆里包含锅炉灰、煤矿垃圾、废弃的煤炭、煤浆(混着水的小块煤炭)和尾料(在化学过滤过程中被留下的、杂质更少的颗粒),它们堆放在轨道上的10列金属煤车里,由一根绳子拉着。当煤车抵达坡顶的引擎屋,会沿着一条单独的轨道缓缓滑向弃置场顶端,那里有一队吊车工人,他们把煤车装上吊车,吊车司机把煤车运往弃置场上方,然后将其倒置。随着一列列煤车倾倒,矸石堆成了一个个深色的圆锥体,高高地屹立在山谷边缘。当一处弃置场规模过大,或者给山腰造成了麻烦,煤矿的工程师们就会寻找一处新址。那天早晨,工人们就在七号弃置场劳作,这个弃置场自1958年复活节开始启用,因为此前一位当地农民抱怨说六号弃置场侵占到他的农田。一名工程师和梅瑟维尔煤矿经理选定了七号弃置场的位置,后者不看地图就能在一天时间里走遍梅瑟山。

1963年,七号弃置场的矸石曾两次滑落山腰。那年11月,矸石堆上开了一个约73米宽的洞。到1966年秋天,七号弃置场的顶部升高了约33米。它包含的煤浆、尾料和煤屑能够填满一个半圣保罗大教堂。连周的大雨浸透了山丘和顶部原本能保持平衡的矸石堆。10月21日早晨7点30分不到,当吊车工人和吊车司机抵达弃置场顶端时,他们注意到昨夜矸石堆表面塌陷了大约3米。弃置场边缘的一条电车轨道掉入一个洞中。吊车工人戴·琼斯被派往山下报告情况。弃置场内没有可用的电话,因为电话线已被偷走。琼斯刚走,吊车司机格温·布朗就把吊车开了回来。9点左右,琼斯和工作队队长莱斯利·戴维斯一起回来了,矸石堆表面又塌陷了约3米。工人认为他们看到的迹象不对劲。戴维斯带来的消息是,煤矿工程师下周会选定新的弃置场位置。七号弃置场即将停用。戴维斯提议,他们先喝上一口茶,等工人们完成移动吊车和轨道的工作。吊车工人和戴维斯走向棚屋。

布朗留在吊车边,往山腰下看。山谷还处于浓雾中。看不见艾伯凡密集的排屋、教堂和小商店。山下的村庄隔绝于世,但它并不是典型的田园,甚至也不古老。在有煤矿之前,这里只存在一处农舍和养着几只羊的农田。奔向海洋的塔夫河一路波光粼粼。19世纪,来自英格兰、爱尔兰和意大利的人来到艾伯凡挖煤。他们带来了家眷,建成了一处家园。煤矿见证了他们的起起落落。1934年,村庄上的爵士乐队赢得了全国比赛冠军,比赛就在伦敦的水晶宫举行。

布朗往下看的时候,矸石堆在上升。这不符合常理。"一开始它升得很慢,"后来这位吊车司机告诉人们,"我觉得我看到了什么。接着它升得很快,速度惊人。"在弃置场的底部,数千吨矸石已经液化,突然倾覆。反光的深色浪潮沿着山腰喷薄而出,连带剩下的矸石一起向下倾倒。"它就像从凹陷处冒出来,成了一道波浪——我只能这么形容,"布朗说,"朝着山下……朝着艾伯凡村……落入迷雾中。"布朗大喊起来,剩下的队员从棚屋里跌跌撞撞地跑出来,看见眼前的景象后他们跑下山,边跑边喊,警告声消散在空气中。他们被倒下的树木、煤车、垃圾和煤浆拦住了去路。声响巨大，他们都看到弃置场大概下滑了数百米。但这就像一场雪崩。艾伯凡的村民后来把弃置场矸石席卷而来的声音，比作低空飞过的喷气式飞机或雷鸣。

羊、篱笆、牛和一处农舍被吞没了，农舍里当时还有3个人。村庄最西面的街道是莫伊路，就在山腰旁。艾伯凡的两所学校就在那里，一所是潘特格拉斯小学，另一所是潘特格拉斯中学。小学的上课时间是早上9点，中学的上课时间是9点30分。9点01分，矸石浪抵达这里，淹没了小学，当时学校里的孩子们正在点名，确认雨量器，拼写单词"寓言"，缴纳晚餐费，发放学校运动会成绩单，准备画画。煤车和块石碾碎了学校的围墙。学校的后方被压在约9米高的黑色矸石堆下。三角屋顶的两端露在矸石堆外。中学只有部分被冲毁。十四岁的男孩霍华德·里斯在上学路上看到矸石浪卷过村庄上方的铁路路基，"速度很快，去到镇子上就像一辆车那么快"，还卷走了坐在一堵墙上的3位朋友。他们身后的8栋房子也被冲走了。理发师乔治·威廉斯看到莫伊路上的门窗都从里面被碾碎了，砖块横飞。他被压在一块皱起的铁制品下面动弹不得。当矸石浪的呼啸停止时，威廉斯把他听到的声音比作关掉收音机的那个瞬间。"在那刻寂静中，你听不到任何鸟儿或孩子的声音。"他说。第一个急救电话拨打自莫伊路偏南面的麦金托什旅馆，这是一家酒吧，时间是9点25分。满脸黑煤的矿工，戴着带灯的安全帽，二十分钟内就从山谷下面的煤层赶到了现场。人们切断水管，分散用水冲洗街道，水一直漫到救援人员的膝盖。艾伯凡弃置场滑坡事故中，共有144人死亡，其中116名是儿童，大多数年龄在七岁到十岁之间。

10点30分，BBC插播了简明新闻。在午间新闻，人们看到时任首相哈罗德·威尔逊如何知晓了这场灾难，当时的死亡人数统计为26人。艾伯凡位于梅瑟蒂德菲尔与卡迪夫之间的主要干道，那时它已经被媒体车辆、救护车、流动食堂和推土机围得水泄不通。临近的煤矿把所有种类的挖掘拖拉机、推土机、挖掘机和卡车都开到艾伯凡,帮助清理废墟,但是学校操场的空间密不透风,还有幸存者可能埋在煤浆之下,这意味着几乎只能完全靠双手完成搜寻工作。每当一名搜救人员认为有了发现,哨声响起,整个现场一片寂静。那天11点后,在残骸中没有一名幸存者被救起。一名死去的小女孩被发现时手里还握着一个苹果,一个小男孩手里紧抓着4便士。被找到的孩子们,口袋里还有折好的出生证明。有些尸体损坏严重。人们迫切地想去帮忙,绝望地想让发生的一切恢复原状。人们想让自己变得有用,即使在这种几乎不可能的情况下。在梅瑟医院,人们排队献血,尽管并无血液需求。煤矿的电话总机被打爆了,人们提出各式各样的帮助,让人根本无法理出头绪。有1000到2000人赶往莫伊路参加挖掘工作。男人们割伤了自己,鲜血流到污泥里。人们站在矸石堆上,观看救援工作,这让矸石堆被压得更碎、更远,延缓了恢复原样的时间。一位推土车司机在控制室里睡着了。在村庄上方的山腰,矿工和工程师们忙着用沙袋固定七号弃置场的剩余部分,沙袋里填满了周围遍布的煤浆。在学校附近,有近100名并不当值的救护车司机,他们拒绝回家。下午,艾伯凡的街灯里装上了高瓦数灯泡,人们竖起泛光灯,挖掘工作还在进行。夜幕降临,气温变低。首相来了又走。女王的妹夫斯诺登伯爵在午夜3点抵达,他拎着一个小手提箱,拿一把铁锹;他被带到村庄里最大的教堂贝塞尼亚教堂,遇难者的遗体被放在木质长凳上,人们用粉笔做了标记:M代表男性,F代表女性,J代表青少年,一群警探正在工作。教堂外,大约50名家长(大部分是父亲)为了辨认他们死去的孩子,已等候数个小时。

第二天周六早晨,天气阴沉。阴云正在酝酿大雨。村庄里的多数人昨晚只睡了一两个小时。"到处都是灰暗,"《梅瑟快报》报道说,

"疲倦和痛苦的脸庞,渗满了弃置场煤浆的房屋和道路。"一切更有秩序了,人们的希望也减弱了,但前一天狂躁不安的能量依然存在。100 辆卡车在村庄外排队,等待运走垃圾残骸。二十四小时内,世界知道了艾伯凡的名字及其背后的意义:这个地方的父亲们堆起煤矿矸石,他们的孩子却被活活埋在矸石堆下。红十字会来了,分发了 1 万支香烟。皇家防止虐待动物协会派出一支机动小队和 5 名动物巡查员,后者挨家挨户地查看宠物是否被混乱局面惊扰,以及它们是否需要照顾。(没有宠物有此需求。)如果灾难现场需要什么,所需物资会快速抵达,而且数量惊人。当现场人员说需要手套,立刻出现了 6000 双手套。警方要求调派一辆"955 挖掘机",结果他们收到了多辆这种型号的挖掘机。自发前来的卡车载着罐装肉、衬衫和成吨的水果来到煤矿场。口香糖、肥皂、汤和瓶装白兰地塞满了所有缝隙。

灾难现场外设了路障以控制人员进出,但只要是穿制服的人或官方模样的车辆都能出入。10 月 22 日早晨,一辆深绿色的福特"西风"在村庄里缓慢前行。车上坐着四十二岁的精神科医师约翰·巴克,他对人的反常精神状态有着浓厚的兴趣。巴克身材高大,身着西服和领带。三十多岁时,他一度体形肥胖。此后,他坚持锻炼,吃甜面包干(一种二次烘烤的坚硬面包)节食,结果是现在衣服穿起来都松松垮垮的,而且他看上去比实际年龄要大。他眼袋松弛,嘴唇肥厚,头发乌黑(通常把头发往前梳)。巴克在谢尔顿医院担任资深主任医师。这家精神病机构在英格兰什鲁斯伯里外,位于梅瑟谷以东约 160 公里处。当时,巴克正在写一本书,有关人是否可能受惊吓而死。

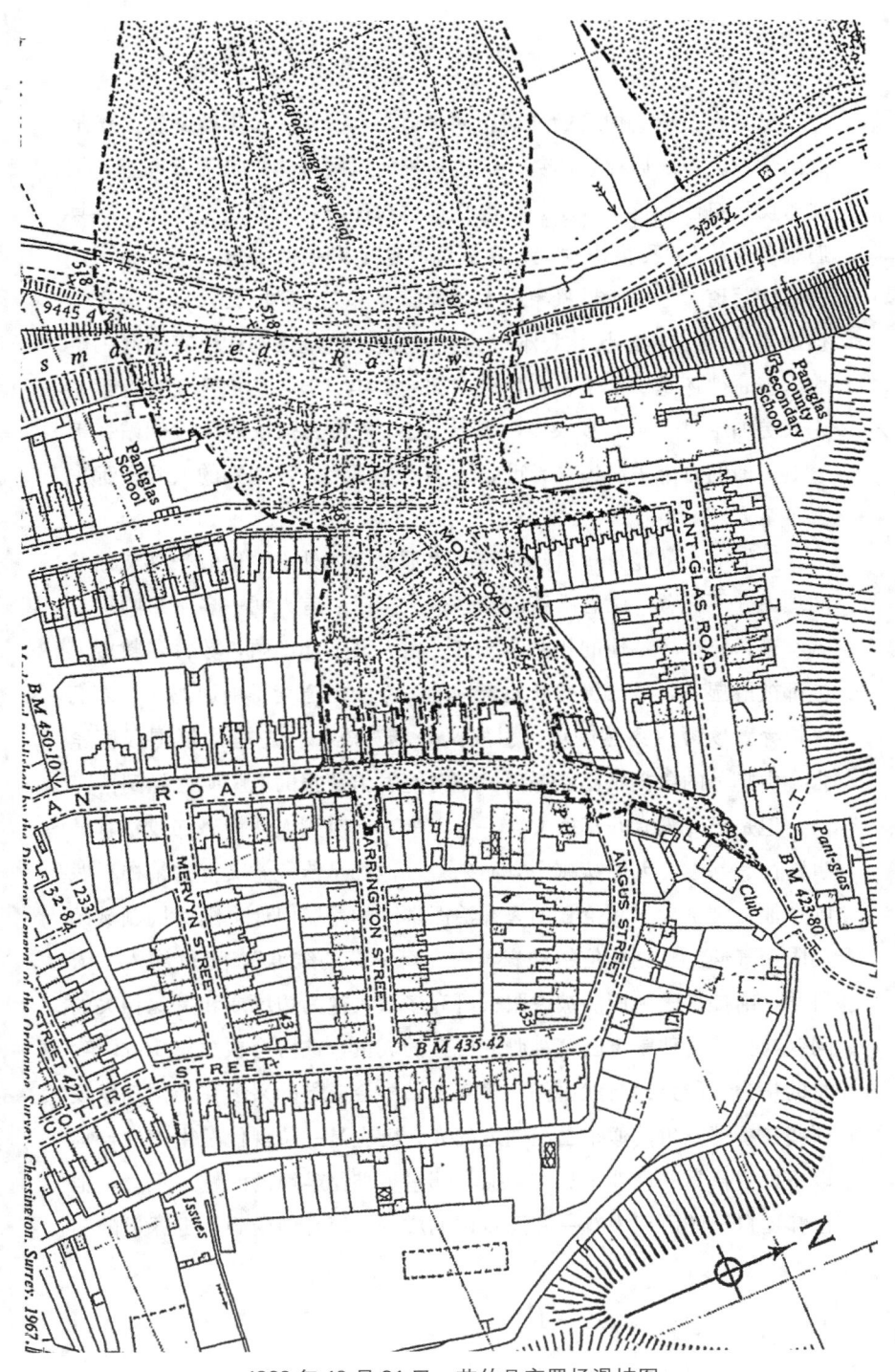

1966年10月21日，艾伯凡弃置场滑坡图

巴克在关于艾伯凡的早期新闻报道中，看到一个男孩毫发无伤地逃离学校，但之后死于休克。这位精神科医师来这里是为了调查，但他意识到自己到得太早了。当巴克抵达村庄时，人们还在挖出一具具遇难者遗体。"我很快发现，现在询问这个男孩的事情太不恰当了。"之后他写道。他因所见景象而大为惊骇。巴克当时已婚，自己的三个孩子还小。"这次经历让我难过。"他写道。这场浩劫让巴克想起闪电战，当时他还是一个生长在伦敦南部的少年，但在艾伯凡死去的生命让人更加难过——人数太多，年纪太小。"失去孩子的父母们站在街道上，他们看上去震惊又无助，许多人在流泪。我遇到的人几乎都失去了亲人。"

人们一眼就能分辨看热闹的和漠不关心的外人，他们来到艾伯凡的理由并不充分。站着喝茶的警察遭人怒吼。有人朝一名摄影师扔了烟丝罐，还摔坏了他的相机闪光灯。白天又下起细雨，数百名救援人员都被淋湿了，早已覆盖几厘米深的污泥的街道变得更加泥泞，人们害怕弃置场再次突然倒塌，引发又一场灾难。村庄里的氛围极度紧张。山脚下的急救站已经撤离，随时能发出警报的电喇叭已经到位。

但是巴克没有开车回去。一直以来，他对别人认为恐怖或费解的事物存有兴趣。无论从哪个方面来看，他都是传统意义上的精神科医师。他在剑桥大学和伦敦的圣乔治医学院学习。但他也因所属领域的局限而气恼。巴克相信精神病学有一个"新的维度"，亟待纳入主流科学，前提是医生们能被说服去研究多数人视为边缘或和灵魂相关的问题与症状。他是英国精神研究协会的成员，该协会成立于 1882 年，目的是为了研究超自然事件；多年来，协会成员的兴趣在于预知以及那些在事情发生前似乎已经知道的人。巴克是一位现代医生；他自称以一种"自觉的理性主义"来探索那些更神秘难解的问题。不过，他也知道自己的研究中有一种无意识的成分，而且他受到了更深远的驱

1960年代中期的约翰·巴克

动力的影响。在生命中的重大时刻，当巴克面临界限问题或外部警告时，他都选择继续前进。

在艾伯凡，巴克意识到自己正身处于某个重要时刻，尽管他还不确定重要的是什么。在与目击者的交谈中，他捕捉到与灾难有关的"一些奇怪又细微的插曲"。一辆满载孩子的校车从梅瑟维尔出发，因浓雾迟到了，车辆在弃置场倒塌后才抵达莫伊路。校车延迟却救了乘客的性命。一个男孩睡过头了，很明显，这是他第一次这样，母亲流着泪急匆匆把他送到学校；这个男孩被埋在矸石下。在矸石堆倒塌前，人们做了许多愚蠢或疏忽的决定：开始工作前喝一杯茶，看向错误的方向，靠在墙上休息，这些决定救了一些人的命，并让另一些人送了命。

巴克感兴趣的是，这些决定的本质是什么，是什么促发了这些决定。人有没有合乎情理的恐惧或无意识的知识？长久以来艾伯凡上方怪异的黑色弃置场都是当地人的心结。失去亲人者提到了梦境和前兆。事故发生数周后，八岁男孩保罗·戴维斯的母亲发现儿子在事故前一晚的画，画里有许多人在山腰旁挖掘，画的上方写着两个字"剧终"，这名男孩死于潘特格拉斯小学。

巴克还听说了十岁女孩艾儿·梅·琼斯的故事，这个女孩"平时不常幻想"，在事故发生前两周，她告诉母亲梅根自己并不害怕死亡。"为什么你会说到死？你还那么小，"她的母亲回答说，"你想吃棒棒糖吗？"

之后，当地牧师格兰纳特·琼斯记下了艾儿·梅的父母的陈述（他们在陈述下签了名），巴克后来发表了这篇陈述：

> 灾难前一天，她告诉母亲："妈妈，让我告诉你我昨晚的梦。"她母亲温柔地答道："亲爱的，我正忙着，之后再和我说

吧。"女孩说:"不,妈妈,你一定要听。我梦见我去上学,但是学校不见了。到处都是从上面掉下来的黑色的东西!"

第二天早晨,艾儿·梅被掩埋在学校里。

巴克这位精神科医师擅长思考实验。从艾伯凡回来后,他想进行一项不寻常的研究。考虑到这场灾难的特殊性及其给全英民众带来的深刻烙印,他决定尽可能多地收集关于这次事件的预感,并研究调查拥有这些预感的人。

巴克写信给伦敦《标准晚报》的科学编辑彼得·费尔利,请求他宣传自己的想法。两人相识于去年,当时费尔利就巴克关于恐惧和死亡的研究写了一篇跨页报道。他们俩似乎截然不同。巴克不太友善,甚至有些尖刻。费尔利比他小六岁,身材矮胖,争强好胜但很有魅力。刚做记者的时候,他和一位同事在《标准晚报》鞋巷总部对面的酒吧"两位酿酒人"里喝完一整瓶马贡村干白,然后抛硬币决定谁去跑哪条新闻线。费尔利选了科学,接下来的数年里,他卖力地书写关于原子能、深海潜水实验和太空竞赛的紧要故事。他上过电视,环游过世界。有一阵,他住在伦敦西部切尔西的一条船屋上,骑一辆折叠式摩托车追踪好故事。费尔利涉猎广泛,从不停歇。1998年去世后,他的遗孀和4个孩子才知道,二十年来他在外面还有一个家。他的一个孩子猜测,费尔利总是企图掌控一切、追踪一切,这样他在自己的生活里就不会露馅儿。

费尔利从不是一个标新立异的人。他是萨顿·瓦朗斯学校的优等生,这是一所位于肯特郡的公立学校;参军后他升任上尉。但是他对科学有一种传教式的信念:有一天,科学能回答我们提出的所有问题。关于心灵感应、外星生命与看似巧合的神秘事件,他对这些理论都持开放态度。很大程度上,他把自己的职业生涯归功于一次预感。

1961年4月，依据太平洋上的船只收到警告之类的信息，以及一种即将发生大事的预感，费尔利预言苏联将要启动首次载人航天飞行。他的故事刊登于《标准晚报》头版：《第一位宇航员——旅程即将开始》。当时费尔利只有三十岁。他开车回布罗姆里的家，路上看见报亭里黑色的头条新闻，心里一阵厌烦。

两天后，尤里·加加林飞向太空。费尔利接到编辑的电话，问他到底是怎么提前知道此事的。他的薪水几乎翻番。终于，太空竞赛也成了他的人生故事。十年后，费尔利继续在英国电视台介绍登月新闻。但是，艾伯凡灾难发生时，他正从糖尿病和过度工作导致的暂时性失明中逐渐恢复。费尔利的眼睛从去年12月就开始受折磨了，当时他频繁往来于美国佛罗里达州的卡纳维拉尔角和美国国家航空航天局（NASA）在休斯敦的任务中心，报道双子座7号的新闻，这次航天任务旨在让两艘航天飞船围绕轨道并排飞行。他精疲力竭地回到英格兰，圣诞节那天他醒来，发现自己看不见了。费尔利失明了三个月。这次休整迫使他停下工作，检视生命中的某些问题。当费尔利处于绝望时，他在楼下的房间里一遍遍听温斯顿·丘吉尔的战时演讲录音。

费尔利认为自己的失明可能是永久的，他想到可以为其他盲人录制关于美苏太空计划的节目。1966年春的某一天，他正在做午餐后的擦洗工作。他突然觉得自己消沉又无用。然后电话响了，是一个叫罗恩·霍尔的电台节目制作人打来的。他问费尔利，能不能为英国国家医疗服务体系（NHS）的失明患者录制一期关于太空竞赛的长采访？一周后，霍尔的导盲犬带着他来到费尔利家，完成了节目录制。"你可以说这是巧合，"费尔利之后回忆说，"但是，一旦发生了几件事，你就开始怀疑了。"

10月28日，费尔利将巴克的呼吁排入周五的"科学世界"专栏。"在艾伯凡的煤矿弃置场倒塌前,有人产生过一种真正的预感吗?一位英国资深精神科医师想知道这点。"费尔利写道。文章描述了巴克感兴趣的各种幻觉:"一个生动的梦""醒着的时候看到的生动印象""灾难发生时(影响了数公里外某人)的心灵感应"以及"千里眼"。费尔利的专栏暗示,由于未知原因,这项研究不是官方授权的,巴克必须保持匿名。文章提醒读者1912年泰坦尼克号沉没前与1930年R101飞艇灾难发生前,人们都有明显的预感;文章旁边还刊登了艺术家绘制的"月球出租车"概念图,NASA正在开发的这种设备用来在月球上运送宇航员。

《标准晚报》的发行量接近600万份。米德尔顿小姐喜欢下午躺在床上翻完它。11月1日,她寄出了自己的预感叙述。

彼得·费尔利的"科学世界"专栏,1966年10月28日,星期五

这些信件寄到巴克在谢尔顿医院一楼的办公室，这栋长长的红砖大楼位于什鲁斯伯里以西约 3 公里处，医院被一排高大的松树所遮盖，从路边看并不显眼。这栋哥特式建筑曾是维多利亚时代的一家精神病院。主入口处有一座钟塔、一扇漂亮的凸窗，屋顶上还有陡峭的斜天窗。医院的窗户配有小铅窗格，开了约 10 厘米宽。这栋建筑的设计师是乔治·吉尔伯特·斯科特，伦敦圣潘克拉斯酒店也是他的作品。1843 年，他和搭档接受委托，在一座山丘上建造一栋可容纳 60 名患者的医院，紧挨着什罗普郡改善精神病患者状况协会。

四十年来，谢尔顿医院里住过超过 800 名患者。从地图上看，这家扩展多次的医院好像一只竹节虫，有着伸展出去的对称翼楼和分别供男女患者使用的走廊。在高高的砖墙后面，谢尔顿医院建筑占地约 6 公顷。一个世纪以来，这家医院是一处封闭的停留之地，法官和医生把年老糊涂与行为怪异者送到此处，他们来自英格兰中部大部分农村地区与威尔士边界地区。大约四分之一的患者来自什鲁斯伯里，剩下的患者来自农业社区与小商贸城镇。一些患者就算能说话，也只会说威尔士语。还有一些患者是战后留下的波兰人。

这家机构是永久性的。谢尔顿医院有自己的蒸汽洗衣房、理发店、室内装潢作坊和啤酒厂（制作 1 酒精纯度的医用麦芽酒）。"一切需要做的事在这儿都能做成。"曾任男护士长助理的哈利·希恩回忆道。在工业疗法作坊中，患者们装配螺丝刀，拆卸旧电话机。小教堂后面是菜园和猪舍。果园里种了李子、梨和苹果，还有一个纯手工劳作的小农场。集市那天，患者们把医院的猪、羊和爱尔夏牛从山上赶到什鲁斯伯里。直到 1930 年代，来这里工作的护士都是骑马或乘坐运货马车抵达的。医院的板球场是当时全英最好的板球场之一。但这里的患者情况没有好转。

谢尔顿医院与生俱来的职责（也是数十家其他郡精神病院的职

责）不是治愈有精神疾病的人，而是把他们和世界隔绝开。到 20 世纪中期，谢尔顿医院的人口很快达到千人顶峰，其中约三分之二的患者患有"长期疾病"——他们是长期住户，不会出院。一些患者，尤其是贫穷的老年女性，她们没有文书或诊断文件就来了医院。市政当局接二连三地把他们赶入这里，而医院正好有床位。约三分之一的患者从未有探望者。1960 年代，谢尔顿医院里有一位聋哑男患者，他已经在这里住了四十五年。约 50 名患者有学习障碍问题（约占医院人数的 6%），他们没有精神疾病，却和精神病患者们永远住在一起，只因为他们已被社会抛弃。有时候，什罗普郡各地的酒瘾者会被送入谢尔顿医院，花几周时间戒酒。许多患者从未得到任何形式的治疗。约一半的长住男患者整日无所事事。他们玩牌，一遍遍重复自己的固恋。病房里住着前牧师、拍卖商和商人。至少有一人宣称自己是耶稣，只要护士允许他出去，他就会施行奇迹。几乎每个人都穿着肮脏不堪的衣服。从各种意义上来看，他们都是被流放到孤岛上的人。护士不时会弄错患者的处方，比如给患者服用抗抑郁药物，而不是原本的镇静剂，结果是，沉默多年的患者突然开口说话了。有时候，禁闭数十年的患者会被带出去散步，他们震惊地发现威尔士浦的繁忙道路上满是车流。1960 年代中期的一个春天，一位丈夫来谢尔顿医院接走妻子的尸体，后者已经在这里住了二十一年。但是医院弄错了，他的妻子并没有死，于是他又回家了。

在谢尔顿医院工作的医生把这里称作"遥远的垃圾箱"或"垃圾倾倒站"。在什鲁斯伯里，这家医院广为人知的名字是"精神病院"。事实上，这里的情况与同时期其他郡的精神病院相当。谢尔顿医院正处于所谓的改革阵痛之中。1964 年，除了两间病房外，其余病房的门锁都被拆除。男病房以本郡名人的名字命名，例如查尔斯·达尔文或 A. E. 豪斯曼，女病房以树的名字命名，因为人们列不出什罗普郡的著名女性。空地上的栏杆和围墙被树木和灌木丛所取代。医院聘用了一名心理学家，引入工业疗法；爵士乐队来这里演出。

然而医院被它的历史极大地束缚了。医院员工和患者一样，都被制度化了。医院院长约翰·利特尔约翰以前是殖民地官员，他经常生病，做每个决定都很费劲。挨过这一天天，就要花费许多力气。医院每天要消耗 865 品脱牛奶。野猫肆虐于医院空地，它们是癣菌病的病因。只有一个供患者、员工个人和医院使用的邮箱，就在前门旁，里面的信件常常满到溢出来，这意味着一些信件可能丢失。护士们不停抽烟，部分原因是为了驱赶弥漫全院的气味，气味来自一栋锁了数年的房子，流浪动物常常来这里撒尿。厨房的屠夫脾气暴躁；洗衣房有时会出错，患者被迫穿着缩水成一半大小的袜子。每顿饭前后都要清点刀具数量。在工业疗法部，人们会触电致死。患者们溜去酒吧，醉酒后袭击了一位恰好经过的护士。农场里的干草棚屋顶会漏水。供男患者使用的康复之家"迈顿别墅"，遇到下雨天根本无法通行。邻里抱怨说，谢尔顿医院里过度生长的树木遮挡了他们房屋的阳光。当患者从精神病院逃走时，医院发出警报，全什鲁斯伯里的志愿者都会帮忙搜寻周围的田地与沟渠。

"我没感觉有什么不可告人的事情或残忍的行为，"那个时期在谢尔顿医院工作的一名护工回忆说，"但那是一个非常非常可怕的地方。"来到医院工作前，这名护工在一家鸡肉加工厂工作。谢尔顿医院的轮班工资更高。每天早晨，他带着一个柳条筐，来到病房发药。"人们会坐在椅子上，前后摇晃，护士来回走动，清理那些失禁的患者。"他说。在那里可做的事情非常少。休息时间里，这名护工会去地下室，坐在一个小木桌前阅读手写的患者记录，内容有关 19 世纪以来什罗普郡的躁狂症与忧郁症患者。他的工作之一是搬运尸体。医院里有一间停尸房，就在裁缝店对面，停尸房的红砖墙上装着三块大理石板。在谢尔顿医院，每月约有 12 人去世，大多数逝者都上了年纪。但每隔几周，就有人从浴室窗户跳下去，或是在板球场边的树上上吊，或是从医院逃跑然后冲到一辆汽车前。出院的基本含义就是死亡。

1963 年夏天，巴克开始在谢尔顿医院工作。他加入了一支由 4 名主任医师组成的队伍，每名医师负责约 200 名患者，以及对应的什鲁斯伯里区域及周边乡村地区。巴克的责任区是北部和东部。他在惠特彻奇、马基特德雷顿和特尔福德这三个镇上看门诊。当时心理健康领域正在发生一场革命，巴克对此表示支持。英国庞大、拥挤的医院造就了惰性，但是 1960 年代，政治改革、制药成功的概率以及精神病学的智识氛围，使之成为一个有生机、充满竞争的领域。巴克很快与另一位在谢尔顿医院的年轻主任医师戴维·伊诺克走得很近，伊诺克是威尔士人，留着长发，举止自信且迷人。伊诺克的父亲曾是一名矿工，他本人于印巴分治期间在印度担任军官，之后受训成为一名精神科医师。伊诺克之前在埃塞克斯郡一家进步的精神病院朗威尔医院工作，他比巴克早一年到谢尔顿医院，被这里肮脏和冷漠的环境吓了一跳。

"老伙计们告诉我，'戴维，你可以做任何事，只要不干扰我们就行'，"伊诺克说，"这里人的心态是，人们从墙外进来就不会再出去了。"伊诺克打开窗户，把分布全院的患者集中在几间病房里，这样他就能一次查完房。他鼓励患者离开病床，他要求配置储物柜，这样患者能存放个人物品，还给干脏活的男女患者留了备用衣物。他被分配了 64 名在奥斯沃里特里的门诊患者。过了一段时间，他意识到他们中的许多人健康状况良好，他们预约复诊只是出于礼貌，害怕让自己失望。

巴克的上一份工作是在多塞特郡的赫里森医院，那里成功地安置

谢尔顿医院，

20 世纪初

了数百名长期与短期患者。"他和我志趣相投。"伊诺克回忆道。两位精神科医师一同努力改善谢尔顿医院的情况。他们逐步淘汰了"直接"电休克疗法，即实施治疗时不使用药物。伊诺克组织了成人教育课程，事实证明，它在医院员工和患者中一样受欢迎。"我们两人待在那里的结果是，许多事情发生了，"伊诺克说，"我们互相激发，老员工们继续他们自己的事。"1965 年，他们两人为《柳叶刀》合写了一篇论文，内容是许多医院滥用了本国的心理健康法律赋予它们的权力；卫生部召集他们去伦敦讨论两人的研究结果。他们乘坐火车当天往返，感觉自己身居要职。

他们俩都着迷于伊诺克所说的"精神病学之兰"，即最不寻常的精神疾病。在 1950 年代晚期，巴克就完成了关于孟乔森综合征的博士论文，此病患者为了入院会不由自主地捏造疾病或伤害自己，他们常常经受毫无必要的外科手术。伊诺克邀请巴克在自己关于罕见病症的著作《某些罕见的精神病综合征》中撰写有关孟乔森综合征的一章，书于 1967 年首次出版，如今成了经典教科书。在本书第一版中，关于钟情妄想（痴迷的爱恋）、奥赛罗综合征（妄想爱人对自己不忠）和拟娩综合征（伴侣怀孕期间，男性似乎也经历妊娠过程）的案例分析有一种神话般的诗性特质。人的头脑可以实现的奇观，有时令人感到悲哀。巴克撰写的那一章开篇，引用了美国精神科医师、堪萨斯州托皮卡的门宁格基金会联合创始人卡尔·门宁格说过的一句有宿命意味的话："总之，到最后，每个人都以自己选择的方式杀死自己，或快或慢，或迟或早，这是确凿无疑的。"伊诺克用陀思妥耶夫斯基来介绍他关于卡普格拉综合征的研究，"这是一种罕见的、声名狼藉的综合征，患者认为某个和自己很亲近的人，被另一个酷似的人给替代了"。伊诺克曾在朗威尔医院诊治过一名相信自己的妻子是复制人的男性。

谢尔顿医院的两名年轻主治医师对自己受到的关注很受用。尤其是伊诺克，他外貌出众，而且医院里的资浅医生都很尊敬他。他要求办公桌上有两部电话，他是区域电视网一档知识类节目《直面事实》的固定嘉宾，这使他在英格兰西部和威尔士地区小有名气。那名曾在谢尔顿医院工作的护工，后来读了医学院，成为一名成功的外科医生。"如果要说促使我想成为医生的原因，那就是我非常尊敬戴维·伊诺克那样的人。"他说。巴克也渴望公众关注。他是《柳叶刀》和《英国医学杂志》读者来信版面的高产作者。在赫里森医院工作时，他安排与富尔本精神病院进行为期两周的患者互换，并请《星期日人物报》做报道。1965年间，巴克称量了制药公司给他寄送的宣传册和垃圾邮件（总重量达12公斤），他邀请《伯明翰邮报》的摄影师拍摄了一张他被办公桌上的信件包围的照片，这张照片出现在报纸头版。

曾有数次，伊诺克认为巴克是一个贪婪的人。"我们在茶水间里聊天，然后下一分钟，他就会把这些写出来。"伊诺克回忆说。不过，将现代的、基于科学实验的精神病学引入一个像谢尔顿医院这样滞后的地方，以上这些不过是宏大计划中的小小恼怒。伊诺克承认，巴克有完全属于他自己的研究兴趣。巴克大多数的发表文章都是关于厌恶疗法的，这种疗法引入电击及其他引发恶心的药物，以治疗成瘾性和其他不受欢迎的行为。

在职业生涯的早期，巴克曾诊治过一名害怕被告发是异装癖的男性，他会穿上自己妻子的衣服。巴克曾在萨里郡的班菲尔德医院工作过，那里的两名工程师设计出可以通电的橡胶垫。当这名男性患者穿上女装，医生站在入院病房旁的屏幕后，打开一个吵闹的蜂鸣器，电击这名患者的腿和脚踝，患者继而脱下了女装。"治疗开始后的四天，患者显然觉得这个疗程令人不快、感觉费力且压力大。"巴克和他的同事们在《行为研究与治疗》期刊上如此报告。但该疗法似乎起效了。巴克继续实验,他对此抱以厚望。他推导出更宏大的结论:他相信,未来某天,厌恶疗法可以改变每个人的行为,从超速的驾驶员到因体重而烦恼的人。

在谢尔顿医院,巴克一楼的办公室外安装了一台通电的角子机,赌博成瘾者获胜之后得到的不是钱,而是 70 伏电压的电击。巴克与另一位医生玛贝尔·米勒一起,拍摄下赌博成瘾者去彩票经营点的场景。一个原本为实验猴设计的装置,现在被用来电击这些成瘾者,当他们遭受电击时,精神科医师开始回放之前拍摄的镜头。巴克还会播放这些成瘾者家人的镜头,镜头中他们正在叙述自己的愤怒与痛苦。

护士哈利·希恩说:"他的很多想法都有点未来主义。"在谢尔顿医院的许多人看来,巴克的形象是一个下指令的权威。"他不是一个开得起玩笑的人,"希恩说,"如果他要求了某些东西,你说你可以办到,那么他就认为你应该办到。"和伊诺克一样,巴克利用医院迟缓的行政系统来实现自己的议程。"如果他开始着手做某件事、某种疗法或某项治疗,他会贯彻下去,"希恩继续说,"没人会说'你没法做,你不能做'。他会继续坚持下去。"

但是巴克的工作能力掩盖了他的弱点。他在谢尔顿医院的任命是匆匆下达的,而且还被降了职。在赫里森医院,巴克的职位是院长,他在三十八岁时就负责管理一家医院。但他只做了几个月的院长。曾经的一位同事对他的印象是:一位壮实的医生,只关心自己的事业发展,几乎不和其他医护人员往来。有传言说巴克遭遇了精神崩溃,可能还有言行不检。在巴克的一生中,他不时会陷入他所谓的"近乎'让人毁灭'的情感压力"。他来到谢尔顿医院时,敏感脆弱。他的体重起伏不定,眼睛凸出,看起来状态不佳。"他到什鲁斯伯里的时候,看起来郁郁寡欢,"伊诺克说,"我第一次见他时,就觉得他不修边幅……别人问：'他为什么来谢尔顿医院？'我觉得实际上是为了寻求庇护。"伊诺克为能找到一个志同道合的同事而感到满足，他没有多问巴克的过去。"他能力很强，"他说，"我也不想知道那些。"

有67人回复了巴克关于艾伯凡灾难的预感呼求。六十三岁的J. 亚瑟·泰勒住在靠近兰开夏郡旷野边缘的村庄斯塔克斯特德，灾难发生前两晚，他梦见自己身处南威尔士的庞特普里斯。他已经很久没来这个镇上了，在梦里，他想要买一本书。他面前出现了一台有很多按钮的大机器。"我至今都没见过电脑。这台机器可能就是电脑，只是我不知道，"泰勒写道，"然后，突然间，当我站在这台大机器前，我抬头看到黑色背景上写着'艾伯凡'这几个白色字体。它似乎持续出现了几分钟。接着我转身看向另一边，透过一扇窗户，我看到成排的房子和其他一切似乎被遗弃的荒凉事物。"尽管泰勒曾无数次开车路过艾伯凡，但当时他没想起它在哪里，直到灾难那天他从广播里听到这个名字。

在普利茅斯，煤矿滑坡前一晚，康斯坦丝·米尔德在一场降神会上看到了幻象。米尔德时年四十七岁，她告诉6名目击者，自己看到了旧校舍、一个威尔士矿工以及"煤炭雪崩似的"冲下山。"在飞驰的煤炭堆成的山脚下，有个刘海很长的小男孩，他看上去快要吓死了。过了一会儿，我'看见'救援行动正在展开。我印象中这个小男孩被留下来并且得救了。他看上去悲痛得无以复加。"米尔德在稍后的晚间新闻里认出了这个男孩。

肯特郡的一名男子在艾伯凡事故发生数天前，就坚信周五将发生一场全国性的大灾难。"就像你想起来明天是妻子的生日，而你完全忘了这件事，这种预感也是如此强烈。"R. J. 沃林顿写道，他来自肯特郡的罗切斯特。10 月 21 日抵达办公室时，他对秘书说："就是今天了。"

在伦敦最西面的希灵登区，三十岁的暗房师格雷丝·理查德森整整一周都被时有时无的气味所困扰，她认为这股腥臭、腐烂的气味是死亡的气味。灾难发生前一小时，她问坐在旁边的同事乔治·乔丹有没有闻到奇怪的气味。他说没闻到。大约在学校被彻底掩埋后的十五分钟，理查德森从椅子上跳起来，痛苦不堪地说可怕的事情已经发生了。"她面色潮红，喘着粗气，"乔丹在写给巴克的附信中写道，"我们中或者暗房里都没人提到或听说过任何灾难发生。"

巴克给这些知觉者们回信，他同时给他们打电话，询问更多细节或是否有目击者。在 60 种似乎可信的预感中，有证据显示其中 22 种预感是在七号弃置场开始滑坡前就出现的。这些材料使巴克相信，预感在总人口中并不是一种罕见现象，他推测预感就像左撇子一样普遍。在他收集的材料中，他认为死于艾伯凡的女孩艾儿·梅·琼斯看到的幻象是"纯粹预感的典范"，而康斯坦丝·米尔德在普利茅斯降神会上的具体描述同样令人惊叹。

作为一名医生，巴克尤为关注 7 名来信者，他们的预感包含身体上和精神上的症状。除了暗房师理查德森，还有醒来时几乎窒息的米德尔顿小姐，以及一位在伦敦与南美银行研究部门工作的女性，"在与这场灾难建立联系的过程中"，她经历了"十分强大的正向'波'，每两小时一次，破坏了她的专注力"。这 7 人中的大多数表示，他们一直有预言能力，多年来他们的预感屡屡被证实。

艾伦·亨彻是 7 人之一，他当时正在为邮局研究国际电话交换机。亨彻信件上的日期是 10 月 29 日，即费尔利文章刊载后的一天，许多其他的来信人或态度犹疑，或十分期望别人相信自己，亨彻和他们不同，他的语气几乎可以说是冷漠。"我能预言某些事件，对此我已接受，但我不知道这是如何或为何发生的。"他写道。

艾伯凡灾难发生前的二十四个小时里，亨彻在英国邮政总局的法拉第之家加班修理国际电话交换机，那里距伦敦黑衣修士桥不远。据亨彻所言，他的大多数预感发生前都会经历剧烈头疼（"仿佛有一捆钢板在我的脑袋里"），在接下来的几天里头疼会愈加严重。但是艾伯凡灾难前，他的感觉即刻出现了：

> 没有任何预警，它**突然出现**。我浑身颤抖，感到疲倦不堪，并且很难专注于工作。坐在我旁边的女士询问我是不是生病了，对此我回答说有一场大灾难正在这个国家发生，许多生命会因此死亡。我当时和之后都无法确定灾难发生的位置。（那位女士之后一直以十分忧虑的神情看着我，她似乎在避免靠近我。）

巴克似乎在为伊诺克关于罕见症状的著作增加新的篇章，他假定这种被自己称为"灾难前综合征"的症状可能存在于小部分的人口子集中。他认为，有些人在重要的或易引发人们情感的事件前，可能有身体上的知觉，这类似于相隔数百公里的双胞胎可以感觉到彼此的痛苦。"这是否是目前为止人们尚未识别的一种医学或心理综合征，这种综合征或许与所谓的'交感性疼痛投射'类似？"巴克在1967年发表于精神研究协会期刊的一篇论文中写道，"他们的症状是否有赖于一场灾难引发的某种心灵感应'震动波'？但如果是这样，为什么他们似乎会提前体验到症状，而不是在灾难发生之时……？显然，这些'人体灾难反应堆'需要进行更深入的研究，或许包括全面的精神检查。"

巴克认为艾伯凡预感有很大的研究潜力，但他同时意识到此类研究的困难。就像大多数其他惊人的直觉，此类预感都是事后收集的。

伦敦法拉第大厦国际电话交换机，1963 年

还有一个关于人们能感知到何物的先验问题：是感知到灾难本身，还是它导致的情感震惊与悲痛？"艾伯凡灾难和关于灾难的新闻是分不开的。"巴克写道。此类信息又有什么用呢？巴克承认，就算这些梦境和警告在当时就被公开记录，人们也没有理由对此信以为真或付诸行动："首先，因为这些预感很可能不太明晰"，他写道，"其次，因为没有将其告知有关当局的途径"。许多给费尔利的文章回信的知觉者，十分感激自己的声音能被听到。"这些是发生在我身上的真事！"银行研究员写道，"我十分感激能告知你以上事实，因为当一个人讨论这些事情时，大多数人会倾向于认为他疯了。"

11月29日，弃置场滑坡仅一个月后，对艾伯凡灾难的公开调查进入听取证词阶段，地点就在梅瑟蒂德菲尔的继续教育学院。学院是一栋低矮的现代主义风格建筑，于1952年完工，此前这个镇子刚结束对贫民窟的清理。周二，听证会开始。当时，全英国处处有浓雾，地上都是雪与冰。潘特格拉斯小学的4名幸存教师出席了听证会，他们身穿西服套装，看起来很年轻。

艾伯凡法庭提出的问题之一是，这场灾难原本是否可被预见？二十五年前，1939年12月，大约20万吨的煤矸石从艾伯凡以南8公里处的山腰滑落，就位于相同的山谷。当时，弃置场于下午1点40分倒塌，通往卡迪夫的主干道有约152米被矸石堆掩埋。塔夫河里的废弃物有约4.5米厚。极为幸运的是，那天下午无人死亡，但是事故造成的维修成本有1万英镑。这场事故促成《煤矿垃圾弃置场滑坡》报告出台，这份报告在南威尔士的采矿工程师中流传，但大部分人未曾阅读就将其束之高阁。

1944年，位于艾伯凡上方的四号弃置场从梅瑟山上滑落约548

米。1962年，七号弃置场就曾发生过部分塌陷。法庭的结论是，梅瑟维尔曾出现过三次令人忧虑的矸石堆滑坡事故，足以让煤矿方面意识到可能出现悲剧，但另一方面，三次事故的间隔时间过长，"使未受重视的事情被彻底遗忘"。直到144人在艾伯凡丧生，全国煤炭委员会才制定出如何挑选存放数百万吨矸石的地点，以及如何监控矸石堆的流程。听证会期间，曾选定七号弃置场位置的机械工程师约瑟夫·贝克被传召出庭做证。贝克当时六十三岁，刚刚退休不久。他从十四岁开始就在煤矿工作。他告诉法庭，在矸石堆开始移动前，人们认为它是安全的，一直以来都是如此。"这难道不是一个错得离谱的方法吗？"一名律师问他。"很可能是的，先生，"贝克回答说，"我们没有预见到这点。"

1960年，在人们投诉七号弃置场的问题后，贝克走上山坡，在弃置场前面的空地上打入一些木桩，他时常到访这个区域。这些木桩逐渐被掩埋在煤浆之下，但他对此没有采取任何措施。1963至1964年间，一名当地政府的工程师与一名地方议员致信全国煤炭委员会，他们担心"弃置煤浆可能给潘特格拉斯学校后方造成危险"。艾伯凡的国会议员担忧弃置场，但又不想发表任何可能威胁煤矿未来的言论。没人想到有人会因此丧生。村庄里人人都知道弃置场就位于一处水源上方，因为英国地形测量局绘制的当地地图上已经标注出水道的位置。孩子们常常在水源灌注的池塘里玩耍。1949年起，包括潘特格拉斯小学的女校长和莫伊路居民在内，村民们一直在投诉煤矿：弃置场污染了沿着小山坡往下流的水源，还造成洪水泛滥，洪水油腻且混杂黑色的矸石。1963年发生的滑坡把池塘完全填满了，之后的三年中，弃置场的底部缓慢侵入村庄，据一名目击者所说，这情景"仿佛后面有一股力量在翻动它"。孩子们和羊群常常陷入煤浆中，必须得有人把他们拉出来。

灾难发生前数月,在弃置场工作的吊车工人推测,因为一棵被人们称为"吊脖树"的死树,弃置场移动了约6到9米。"底下有一条河,这就是它一定会下沉的原因。"这群工人的头儿莱斯利·戴维斯告诉他的团队。在法庭上,戴维斯称,他没有责任去干预他在村庄旁的山坡上看到的情景。"我拿的薪水只是让我倾倒污泥,把污泥处理掉,"他说,"他们没付我钱让我干别的事。"

艾伯凡灾难发生前,征兆随处可见,但是没有人对此多想一想,或者足够担忧,没有人把这些征兆联系起来,预估可能出现的结果。法庭的结论中提道:

> 17. 本庭发现,许多目击证人,包括那些急切协助我们的明智之人,对他们眼前的事实视而不见。他们没把这些放在心上。向他们提问,就像提问鼹鼠关于鸟类的习性。

听证会继续进行,此时一名《生活》杂志的美国摄影师查克·拉波波特抵达艾伯凡,他来这里记录下人们的悲痛。拉波波特时年二十九岁,有一个六个月大的儿子。他住在莫伊路上的麦金托什旅馆的顶层,就在那里,人们拨打了第一通急救电话。从他房间的窗户望出去,灾难现场一览无遗。村庄里挤满了记者和各种各样爱打听的游客。"(他们)就像劫掠我们灵魂的野兽。"拉波波特抵达的那天,当地一位老人如此对他说。女王刚刚到过这里。

拉波波特此前从未来过威尔士。他给《生活》杂志写的上一篇稿子,是关于曼哈顿中部的警探,他们射杀时报广场上的妓女和其他边缘群体。"我想象中威尔士是一个黑暗、阴冷、多雨、令人压抑的地方,到了以后发现那里正是如此,"他说,"冬天刚开始。我在那儿的时候还会下雪,也常常下雨。街道上堆满了从山上下来的泥浆,随处

艾伯凡煤矿滑

部的救援人员

可见。"拉波波特买了一双橡胶靴，平时几乎不会脱下来。他住的房间极度寒冷，为此他又找来了额外的暖气机，暖气机把旅馆的电路保险丝都烧坏了。他在旅馆楼下的酒吧里度过了许多时间，艾伯凡当地的男人们来这里聊天说笑。如果拉波波特遇上独自一人的当地人，他们常常会当着他的面流泪。"他们知道我是陌生人，我早晚会离开。"他说。

这名摄影师注意到，村庄里的人分成两派，一派人认为这场灾难是无法预料的事件，另一派人声称灾难是完全可以预料的，他们永远不会原谅自己没有挺身阻止它。"酒吧里有这么些家伙……他们会说：'查克，你能想到这种事情会发生吗，我们所有的孩子都会死吗？'他们会一直这么说，表现得特别惊骇，"拉波波特回忆说，"这是一派人。而另一派人会说：'这事注定会发生。你要是春天来这儿，就能看到水从弃置场底部冒出来，水就那么冒出来。'他们早就知道。"

拉波波特也听说了艾儿·梅·琼斯的故事，这个小女孩在死于事故前一晚梦见黑色的东西掉下来把学校淹没了。他走访了艾儿的母亲梅根。艾儿一家拥有一间五金商店。村庄里的人根据他们对灾难的理解来解读艾儿看到的幻象。拉波波特对此毫无概念。它可能是预知梦，也可能是一个孩子在任何早晨都会脱口而出的瞎话。"我能理解人们不相信那种事情，"拉波波特说，"你分不清那个孩子是真的预感到坏事会发生，还是她只是不想上学。"

拉波波特在艾伯凡拍摄的照片记录下十分炽烈的情感。悲痛使人疯狂。他在那里时，听说有一个男人失去了一切。约翰·科林斯是一名工程督察员，当弃置场滑坡摧毁了他在莫伊路的房子、杀死了他的妻子和两个儿子时（彼得当时正在家，雷蒙德在走去中学的路上），他正在卡迪夫工作。他拥有的一切都消失了。事故发生后约一个月，拉波波特和《生活》杂志的记者约翰·希克斯见到了科林斯，他正在弟媳家的起居室里抽烟，穿着一套借来的衣服（他所有的衣服都没了）。

希克斯采访了这个悲痛欲绝的人。但当拉波波特举起相机准备拍他的人像照时，这名摄影师呆住了。"这是我在那里期间唯一一次，我被他的悲痛压垮了，"他说，"我觉得举起相机这件事都令人反感。"但是科林斯反而鼓励他。"拍吧，伙计，"他说，"这是你的工作。"拉波波特拍完了一卷胶卷。这些照片让人难受、痛苦。墙纸上的树叶图案交织在一起。某人的婚礼照片放在写字台上。科林斯捂住了自己的脸。1967年2月，拉波波特的专题摄影发表在《生活》杂志上。一个住在布鲁塞尔的美国语言学家买了这期杂志。她的丈夫是一名叛逃西方的捷克运动员，他们当时正分居两地。这名语言学家是一位天主教徒，她的母亲来自威尔士的纽波特市。语言学家看到了《生活》杂志上科林斯的照片，她写信给他。后来，他们的婚姻持续了二十二年，并育有一女，他们给女儿取名伯尼斯。拉波波特的照片促成了一个家庭。

你如何解释偶然性在生活中所扮演的角色？我和妻子结婚时，为了表达喜悦，选择在请柬上添了两只喜鹊的图案。之后，我们特别留意喜鹊，并互相告知自己的发现。我妻子当时已经怀孕了。婚礼前几周，我们边处理琐事边展望未来的生活，某天大清早，我们从卧室窗户望出去，发现三只喜鹊正在花园里安静地蹦跳——三只喜鹊代表生女孩。我们从未要求做检测确定孩子的性别，因为我们觉得已经确认了。即便某件值得注意的事情发生了，把事情本身与我们赋予它的意义区分开，也是非常困难的。随着时间的推移，一旦某件不寻常的事情被纳入生命或死亡的故事中，我们就几乎看不见曾经存在过其他的

约翰·科林斯,艾伯凡

可能性。讲故事是这样一种行为：缩小范围，消除未来的其他可能性，直到事物发展至此的道路只存一条。为掌控自身的存在，我们赋予意义。这让人生变得值得一过。其他的路径令人生畏。随机性意味着陈腐，它削弱了我们的存在。但事实上，我们抵抗意义的程度，恰如我们坚持意义的力度。为了让生活变得更简单，为了宽恕自己，我们常常拒绝承认意义的存在。我们不可能预见某件事会发生。我们毫无胜算。做一只对鸟类习性一无所知的鼹鼠是更容易的事。顺其自然，屈服于偶然性，即是这种叙述模式，只不过我们很少谈及它。在花园里停留的喜鹊，飞走前也没有数过它们的数量；我们没有上心过的幻象；我们拒绝承认的关联；不可能阻止的悲剧。我们如何分得清哪些偶然事件是重要的，哪些不是；而我们在生命中最终做出的决定，就像黑箱一样不可捉摸，可能是我们作为个体永远无法回答的问题。我们不可能像局外人一样观察我们的生活，我们也不希望那样做。

我们中的大多数人，就算会考虑以上问题，也不过和它们达成一种模糊的和解。但有一些人很难不去理会偶然性。1931 年 12 月，柏林的一位年轻科学记者阿瑟·库斯勒，度过了筋疲力尽的一夜：他打牌时输了一笔巨款，和自己不喜欢的人同床共枕，他的车还坏了——这夜之后，他决定改变自己的生活。几天后，他加入了共产党，之后完成了一本关于极权的经典小说《中午的黑暗》。战后，库斯勒在英国定居。库斯勒六十多岁的时候（此时巴克也在研究相似的问题），深深困扰于巧合的意义，尤其是那些似乎缠绕在一起的奇特事件。"当重大和轻微的灾难在很短的时间里密集发生，它们似乎在表达一种有象征意味的警告，就像是某个无声的力量正在拉扯你的衣袖，"库斯勒在自传《蓝色的箭》中回忆起柏林的那个关键性夜晚，"接下来，取决于你要不要破解这混乱讯息的含义。如果你无视它，很可能什么都不会发生；但是，你可能错过了重塑人生的机会，错过了一个潜在的人生转折点。"

巴克决心扩大他的艾伯凡实验。费尔利的文章发表后，其他报纸也纷纷跟进。牛津的心理物理学研究协会也发布了灾难预感征集，共收到200封回信。巴克考虑就这个主题写一本书。他白天在医院上班，回到家后，在底层的书房里继续工作到深夜。他和妻子简以及三个孩子住在位于巴恩菲尔德的房子里，这里处于约克尔顿村庄外围，靠近一条直通威尔士的安静公路。

1946年，巴克在伦敦圣乔治医学院遇到了简·霍姆夫里。那时，他在学习如何成为一名医生，而她在接受成为护士的训练。霍姆夫里一家来自格洛斯特郡，简家族中的男人或在军队服务，或在殖民地任职。她的父亲曾在尼日利亚担任地区长官，简七岁时，父亲得了热带病，在医院中病逝。简的母亲带大了她还有两个弟弟妹妹，他们住在离切尔滕纳姆不远的一间小房子里。她棕发、宽口，说话字正腔圆。简的医学训练意味着她能跟上巴克的研究；巴克的同事前来拜访时，她会和他们聊天到深夜。巴克的博士论文是关于孟乔森综合征的，论文中提到了孟乔森男爵虚构的冒险经历，简为这段故事贡献了一头雄鹿和一棵樱桃树的钢笔画。她爱戏弄巴克，他让她开怀大笑。1966年冬天，简怀了他们的第四个孩子。她喜欢这个忙碌的、不断扩大的家庭。他们在巴恩菲尔德租的房子是一间巨大的、半独立式的别墅，别墅自带一个面向隔壁农场的开阔花园。奈杰尔、约瑟芬、朱利安三个孩子有充分的跑动空间。他们的邻居拥有一个制作小提琴的作坊。

三年前，巴克突然离开赫里森医院，他们的婚姻一度紧张。但是他的生活和事业在什罗普郡得以恢复，并逐渐稳定。他发现，宁静的

简·巴克

乡村有助于写作。除了关于预感的计划,他更加正统的研究也吸引了公众的注意力。9月,艾伯凡灾难发生前几周,BBC电视台的工作人员在谢尔顿医院待了三天,为科学节目《明日世界》拍摄巴克如何治疗赌博成瘾者。12月,巴克和米勒为医学杂志《脉动》描述了另一例厌恶疗法病例,这篇文章成了轰动全球的头条新闻。巴克和米勒报告称,他们治愈了一位三十三岁已婚男子的婚外恋问题,他们称他为"X先生"。该男子爱上了自己的邻居,他的妻子曾试图在浴缸里自溺。在谢尔顿医院的一间昏暗病房里,巴克和米勒向X先生交替展示他的情人和妻子的照片,并给他实施了半小时疗程的电休克疗法,电压强度为70伏,施加在他的手腕处。"第一次疗程结束后,他立刻产生了一种羞愧感,人完全崩溃了,"他们写道,"之后的疗程造成的痛苦更少,然而已经给他留下了极深的影响。"六次疗程后,米勒和巴克写道,该男子"对他的前任情人变得完全冷漠",不忠是一个"普遍而有趣的问题",他们渴望继续深入研究。

美国的报纸纷纷刊载这个故事。《萨克拉门托蜜蜂报》写道,"精神科医师拉动开关"。"对 X 先生和夫人来说,这也许是件好事,但这件事背后的未来主义意味是,如今,电工就能解决老生常谈的三角恋,这样的认知令人沮丧。"《纽约时报》专栏作家罗素·贝克写道。在进步与实验并肩的时代,巴克想象过,未来人类可以通过药物和电击来温和地重塑自我,以得到对他们有益的东西:"这可以用来让青少年在周六晚上再次想要回家;让母亲们再次想要洗碗;让父亲们再次放弃看足球电视比赛,回到家人身边。"

在艾伯凡这件事情上,巴克渴望吸引到尽可能多的注意力。给报纸带来独家新闻后,费尔利成了 BBC 和 ITV(英国第一个商业电视频道)的常驻科学评论员。这两人携手宣传预感计划。12 月 2 日,在《标准晚报》首次刊登巴克的呼吁后五周,费尔利、巴克和几位感知到艾伯凡灾难的人受邀录制《弗罗斯特节目》,这档 ITV 直播采访节目的主持人是戴维·弗罗斯特,他时年二十七岁,是深夜电视节目的明星。这档节目安排在晚间 10 点新闻之后,每周播放三期。这是弗罗斯特首次尝试严肃新闻,此前在 1960 年代早期,他以挖苦讽刺的风格而成名。他和他的团队白天在霍本的电视大楼工作,中午常常去苏荷区的蜗牛餐厅用餐,之后驱车前往伦敦郊外的温布利公园,在那里的瑞迪福森电视演播室中录制晚上的节目。巴克的 12 位预言者也受邀参加节目,其中包括米德尔顿小姐和闻到死亡气味的暗房师格雷丝·理查德森。他们中一些人为了参加节目,奔波了数百公里。

节目播出那晚,也是费尔利和巴克第一次面对面接触大部分艾伯凡灾难的知觉者。当他们聚集在演员休息室,费尔利被吓了一跳。

"怪胎"这个词有点太重了，但他们肯定是"不同寻常的"，这位记者后来写道。节目开始前二十分钟，弗罗斯特来到休息室和大家寒暄了几句，然后就消失不见了。在节目的前半段，弗罗斯特采访了桂冠诗人约翰·贝杰曼。巴克和他的预言者理应在广告结束后出现。通过监视器，他们看到弗罗斯特在与制作组交谈。广告结束后，弗罗斯特继续采访贝杰曼。从始至终，他们都没有被叫到。最终，这期节目成了一场即兴演出，贝杰曼引领现场观众一起背诵他们最喜欢的诗歌。"四十分钟的时间飞快流逝。"弗罗斯特后来回忆说。

节目结束后，弗罗斯特来到后台致歉。巴克回到什鲁斯伯里后依然怒不可遏。他之前告诉过伊诺克，自己会去伦敦参加一个节目，但是没说为什么去。"他当时非常非常非常生气。"伊诺克回忆道。不过，在休息室见到这群人后，费尔利理解弗罗斯特为什么不愿意让他们出现在全国电视节目上了。艾伯凡灾难依然会触痛英国人。这些预言者看到的幻象是碎片化的，十分容易招致批评。费尔利建议巴克采取一种更雄心勃勃、更开放的方法：当预感出现时把它们记录下来，然后看看有多少预感在现实中得到验证。"世界上到处是宣称自己见过某件事的人，但他们总是在事件发生后才发声。"费尔利写道。

圣诞节前的几周，费尔利和巴克联系到《标准晚报》的总编查尔斯·温特，他们希望开设一个名叫预兆局的联络机构。预兆局开设后，读者将受邀报告他们的梦境和不祥预感，这些信息收集整理后，再与全世界发生的事情进行比照。温特是一名入时、老练的编辑。1946 年，他作为社论作家加入《标准晚报》。老前辈们都说，1950 年代末长子杰拉尔德死于交通事故后，温特整个人都变了。他获得了"冷酷查理"的绰号，1959 年后，他把《标准晚报》变成了伦敦的高级晚报。温特雇用年轻的作者和编辑，严格监督他们，给他们送去过期报纸和简短、尖酸的祝贺词。（勇敢的人常常模仿他的祝贺词，把它们贴满整个编辑部。）大家都知道，如果温特真的非常高兴，他会用中指敲敲桌子。

温特的报纸之核心，是日记和特稿部门，这些部门就设在他的办公室外面。如果他正有空闲，他会带某位有前途的作者去萨伏依酒店吃午餐。像费尔利一样的专业记者是属于新闻部门的，因此温特对他们大部分人都不感兴趣。但是费尔利不一样。他能填满版面。他有精准的本能，事实证明，他的本能有时是不可思议的。年轻读者喜欢读他写的故事，而且他有引起公众注意的天赋。如同其他伟大的报纸编辑，温特喜欢不寻常的想法。他同意进行这个实验。费尔利为预兆局定做了邮戳。他为预言设计了 11 分制的评分系统：独特性 5 分，准确性 5 分，时机 1 分。

巴克和费尔利准备在 1967 年第一周开始记录预感。圣诞节临近，和全国大部分主要报纸一样，《标准晚报》也派了一名记者随时准备报道唐纳德·坎贝尔试图在湖区的科尼斯顿湖打破水上速度纪录的新闻。坎贝尔是战后英国喷气式飞机时代的偶像。他驾驶一系列交通工具（皆以梅特林克的戏剧《青鸟》命名）陆续打破了陆上和水上速度纪录。他将抵达更快速度的渴望比作探险。"人走得越快，就会遇到越多困难，也会越发坚定地去克服和理解困难；当他一步步向前，就能更深地洞察未知事物，"坎贝尔在 1955 年如此写道，"这成了一种血液里的疾病，要依靠倾斜度和大气层才能过活。"

到 1960 年代末，坎贝尔成了独一无二的英雄。他使用强劲的、试验性的技术，同时也极度迷信。他的仪表盘里塞进了圣克里斯多福（旅行者的主保圣人）的珐琅浮雕。每次坐进驾驶舱，他都带着幸运泰迪熊玩偶"霍皮特先生"。坎贝尔不喜欢绿色。1966 年冬天，在科尼斯顿湖，坎贝尔大声说出了自己的恐惧，但依然直面它们。12月13日，天气晴好、多雾，没人想到他会带着船起航，坎贝尔驾驶着喷气式水上飞机"青鸟K7"，速度高达每小时约430公里，撞到了一只海鸥，他认为这不是一个好兆头。撞击让船表面留下一道凹痕，但他拒绝修理。他告诉电视节目组，1964年他曾在澳大利亚艾尔湖边潮湿、危险的沙地上以时速600多公里驾驶着一辆汽油涡轮车。当他安坐在沙地中，挡风玻璃上出现了他父亲的形象，坎贝尔的父亲也是一位速度纪录打破者，已于1946年去世。"别担心，没事的，孩子。"他看到父亲这样对他说，于是坎贝尔回程路上开得更快了。"随便你怎么解释——反正我解释不了。但是它真的发生了。"坎贝尔这样对湖岸边入神的记者说。

圣诞节那天，在没有工程师和安全团队的情况下，坎贝尔说服村庄里的一位朋友帮自己把"青鸟"搬到湖里，然后独自一人来回驰骋。在太阳酒吧举行的新年派对上，坎贝尔于午夜向媒体祝酒。"我知道你们都等着看我折断脖子。"他说。接下来，坎贝尔玩牌度日，等待湖面平静下来。几天后的某日，白天都有雨雪和雾，到了晚上，坎贝尔在自己的平房里玩着俄式单人纸牌，他正等着慢慢凑齐牌面。他先拿到黑桃皇后，又给自己发了黑桃A。他的朋友戴维·本森平日给《每日邮报》供稿，他告诉本森，1587年苏格兰的玛丽女王被砍头之前也拿到了相同的牌。坎贝尔熬夜到很晚。"我有种最糟糕的预感，这次我要死了，"本森记得坎贝尔这样对他说，"这种感觉持续好几天了。"

第二天是1月4日，周三。坎贝尔早餐吃了玉米片和咖啡，佐以白兰地。科尼斯顿湖面轻微扰动，但总体很平静，早晨8点40分"青鸟"入水起航。为了打破他的个人水上速度纪录，坎贝尔必须完成两次1000米的航程（来回穿越湖泊），平均速度必须超过每小时444.71公里。

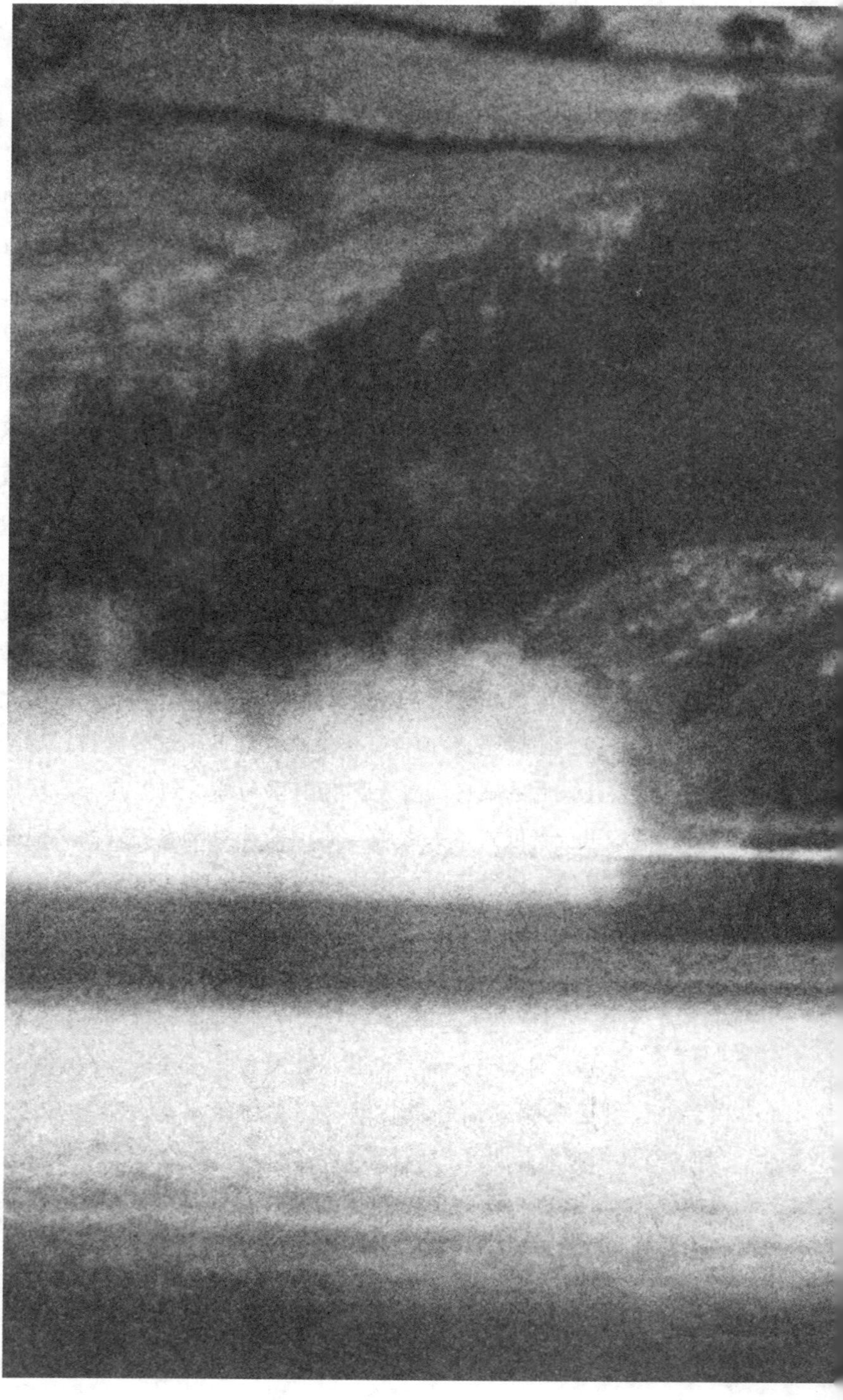

唐纳德·坎贝尔之死

早晨 8 点 50 分，第一版《标准晚报》上机印刷，宣告预兆局成立。文章标题写道："如果你梦见灾难……"与此同时，坎贝尔开始了科尼斯顿湖上的第二个千米航程，他当时的速度是每小时约 528 公里。他超越了世界纪录，进入了未知领域。他没有留下足够的时间让水上飞机的尾流在湖面上保持稳定，当坎贝尔加速回程时，"青鸟"在水面上颠簸得厉害。"青鸟"腾空飞起，空翻 180 度，坎贝尔因此丧生。那天下午晚些时候，报纸头版刊登了水上飞机的照片以及坎贝尔拿到不祥牌面的故事。无线电录音留下了坎贝尔飞驰过程中的遗言。"你们好，船头起来了……我要去了。"他说。接着是一声轻微的叹息。

第二章

预感是不可能的,但它们总是应验。热力学第二定律说这一切是不可能的,但是你在母亲打电话的前一秒确实想起了她。我们不可能在事件发生前看见或感知到它们,但它们似乎依然常常徘徊在周围。我们脑海中浮现出邂逅、朋友、爱人和死亡预兆。在约翰·伯格的小说《G.》中,主人公在刮胡子的时候想起了一位住在马德里的朋友,他们上一次见面是在十五年前,他想知道如果在街上遇见对方,他还能不能认出来。接着他走下楼,发现邮箱里有一封来自这位朋友的长信:

> 这样的"巧合"并不罕见,现在每个人或多或少都很熟悉它们。它们得以让我们窥见,我们对时间的普遍理解是多么模糊和任意。日历和时钟是不令人满意的发明。我们大脑的结构让我们时常看不清时间的真实本质。但是,我们知道谜题在那里。就像一个在黑暗中永远看不见的物体,我们能通过它的部分表面感知前行的道路。但是我们还认不出它。

在过去,目睹未来是更常见的事。《圣经》中充满了预言。在《撒母耳记》中,我们得知在先知成为先知之前,他们是观看者

（ro'eh）或凝视者（ho'zeh）——这两个词来自普通希伯来语里的动词"看见"。耶和华在《约珥书》中说："你们的儿女要说预言。你们的老年人要做异梦。少年人要见异象。"我从未见过这句引文，也从未听说过《约珥书》，直到我在2019年11月读了米德尔顿小姐回忆录中的献词。第二天早晨，我走进卧室，听见广播里正在播放这句话。

对于预感的理性解释是，它们只是巧合。但是我们不容易接受这点。我们的大脑反对这种说法。作为人类，我们偏爱模式而不是无解释。18世纪末，伊曼努尔·康德提出，我们的大脑不是被动地理解现实或原封不动地接受事物，而是更加主动和有建设性——我们推断和想象，塑造和限制我们的观点。"客体，"1787年他写道，"必须遵从我们的认知。"

康德确信自己是正确的：正是我们的大脑构成了这个世界，而不是其他。他自比为哥白尼，后者证实是地球在运动，而不是太阳。但是康德的心理学观念更考究，也很难证实。许多哲学家认为它有点让人为难。然而，19世纪中期，德国的博学大师赫尔曼·冯·亥姆霍兹认为，至少在眼睛这方面，康德是正确的。在《生理光学手册》中，亥姆霍兹提出，我们的视觉有很大部分是由我们对期望看到的事物的"无意识的推断"构成的，而不是光线与轮廓的直接过程。

存在于我们头脑中的空间与时间等概念，帮助构建了一系列恰恰难以辨认的、残缺的、翻转的画面，它们从我们的视网膜上一闪而过。1855年，亥姆霍兹在一次讲座中回忆自己意识到透视的那个时刻，当时他还是一个在波茨坦的小男孩。"我被带到一座高塔，最上面是一个美术馆，很多人站在那里，我求我母亲取下那些小木偶。"他说。那一刻他才开始明白，更远处的事物看起来更小。亥姆霍兹指出，一旦习得这些推断，它们仅仅贮存在我们的大脑中，却有塑造现实的力量。我们一旦发现了它们，就不会再对它们视而不见。他再也没见过高塔顶端的那些木偶。"这些知觉的特质只属于我们的神经系统，完全不会延伸至我们周围的环境，"亥姆霍兹在1878年写道，"但是，即便我们知晓这点，幻觉也不会停止，因为它是最初和最基本的真相。"

也许，依靠这些幻觉是应对向我们袭来的信息风暴的唯一方法。这种方法具有演化的优势。从信息碎片中推断并且依靠记忆，能使我们更快地遍览世界，并且避免途中遭遇灾祸。相比等待然后得出结论，预测我们看见的事物（阴影里的是一头老虎吗？）是更安全的做法。我们从最细微的迹象中内化概念（椅子、狗、鸟）。一个婴儿无须为了分清在公园里看见的是腊肠犬还是松鼠，而熟记大约350种狗的种类。

自1990年代起，亥姆霍兹常常被神经科学家称为大脑运行模式"预测编码"之父。按照康德的理论来看，这种知觉理论推翻了经典的经验模式。我们感知世界的方式不是"从具体到一般"——通过我们的眼睛和耳朵以及皮肤上的轻微颤动，这种理论认为我们大脑的运作方式是从上到下的：一条由内化的理论和信念、记忆和期待构成的"瀑布"，它指导我们的知觉，然后外部世界的反馈再对其进行纠正。当我们走进厨房，我们只看到了大脑还没有"安放在"那里的事物。这是一只狐狸还是一个水槽？这些意外被称为"预测误差"，我们的大脑很努力地试图消除它们——我们的幻觉引起的小失误——然后生成对世界的新解释。"这完全是无缝衔接，我认为这就是确保我们意识经验的关键所在。"耶鲁大学精神病学教授菲尔·科利特解释道。

我们总是在预测而不是纯粹地感知，关于这一理念的证据之一是大脑会犯错，即我们会对现实做出错误的解释。在一个著名的实验中，研究者同时在受试者的每只眼睛前各摆上一张不同的图片，比如

预兆局　　055

一张脸和一匹马,然后研究人的大脑如何应对这种情况。此前我们重视的推断(神经科学家如今称之为"先验")之一是,在同一时刻的同一地点只能出现一个对象。所以,我们的大脑不会将眼前出现的两种对象合并为一种新奇的事物,而是倾向将它们分开处理:脸,马,脸,马。这些图片以一种不稳定的方式进入视野然后淡出,直到我们眼前重新浮现一个更易懂的世界。

一些更严重的错觉,例如精神分裂症患者出现的幻觉和偏执症状,也可以用预测的大脑的模式来解释。这一理论最有影响力的支持者是一位叫卡尔·弗里斯顿的神经成像专家,1980年代,他在牛津郊外的一家精神病院担任精神科医师。他有一位患者沉迷于"天使之屎"的问题。弗里斯顿很惊讶,人的头脑会如此执着于这种事情。据弗里斯顿所言,由于某种原因,当我们的期望与外界反馈之间的关系变得扭曲时,这种错觉会不断加深。我们没能纠正自己的假设,即便它是错误的。她爱我,抑或我们对刺激的反应过于强烈,因此看见了实际上不存在的意义。看起来像老虎的阴影真的成了老虎。为什么我又沾上了"天使之屎"?

能形成预测的信念、记忆和理论产生于我们大脑的额叶,人类的额叶要比其他动物的大得多。如果大脑这部分因得病或受伤而受损,人就无法感知未来或思考他们行为可能造成的后果。患有额颞痴呆(也被称为皮克病)的首要信号是,患者常常有轻微疯癫症状。他们会问陌生人私密问题。他们会因为很热就脱光所有衣服。他们会在会议上辱骂老板。他们会像没有明天一样大肆挥霍,因为他们确实没有明天的概念了。2015年,《新英格兰医学杂志》报告了一例额颞痴呆病例,这名患者被称为"病例9",患病后的首要症状是拒绝让妻子听他的iPod。他原先是一个絮叨且爱社交的人,现在他不想和别人说话。他会大吃大喝直到自己感到不舒服。对他来说,一件连着一件的事情停止了。他反复听同一本有声书。当妻子即将临盆，准备生下他们的第一个孩子时，她不得不要求他不再用耳机听《哈利·波特》。当我们停止设想事情会如何发展，我们就不再是自己了。人类才会思考未来。正因为预感是此种基本思考模式的模拟物，因此它十分诱人。对世界的荒诞假设，和其他人无法知晓的洞见，这两者有什么区别？"我们对那些似乎能在有预兆的世界里助我们一臂之力的事物感到兴奋，因为这真的非常非常有益处，"科利特说，"这就是我们来到地球要做的事情。"无论如何，理论上来说，一个更可预知的存在是不那么吓人的存在。每个社会都渴望先知，毕竟他们宣称能看到咫尺未来。

坎贝尔死于科尼斯顿湖的第二天早晨，BBC国内服务频道播送了一则关于预兆局的消息。《今日》节目播报称，"如今，人们对此类预见能力的态度已严肃得多"。早晨7点20分前，数百万英国人听到了BBC对费尔利的采访，他们得知《标准晚报》已经收集了70条关于艾伯凡灾难显而易见的预感，如今他们正在推进一项长达一年的实验，以调查更大范围内的稀有现象。

"如果大家曾做梦、看到幻象或是有一种强烈的不安感，内容可能和其他人、其他人遇到的危险或和自己有关，请打电话告知我们。"费尔利说。他公布了报纸的电话总机号码：弗利特街3000。"我们会记录这项信息，然后非常仔细地研究它，我们有一小支调查团队，他们会努力证明你的预感有没有成真。"费尔利接着说。有人问，他是不是期待收到关于特定事件的许多幻象信息。"嗯，我有一种糟糕的预感，我们可能收到许多古怪或爱幻想的人的信件和电话，"他回答道，"但我不想把这些人完全过滤掉，因为有时候，许多特别爱幻想的人就是真的拥有预感天赋的人。"

专业记者一排长长的办公桌就在《标准晚报》编辑部的中央，预兆局成了费尔利狭小、杂乱的办公领地里的一个部门。为这家报纸工作了十二年，冠有（自封的）"科学记者"头衔，费尔利拥有自己的办公桌、书柜、几个文件柜和一台微缩胶片阅读器。他还有一名助手：詹妮弗·普雷斯顿，她在几个月前刚加入《标准晚报》，原先为其竞争对手《晚间新闻》工作。《晚间新闻》比《标准晚报》的销量高，不过它面向低收入人群，所以内容全是谋杀案和赛马结果。普雷斯顿时年三十岁，她成长于宁静的伦敦南部郊区埃尔默斯恩德，这里与肯特郡接壤。她的丈夫迈克尔先前做出租电视机的生意，后来自己开出租车挣钱，他们和两个幼子住在西格罗夫一套只有一间卧室的公寓里，西格罗夫是布莱克希斯附近一处破败的宅邸，那里有时被用作恐怖电影里的布景。

在编辑部，普雷斯顿是一个引人注目的人物。她有着黑发、高颧骨和鹰钩鼻。在《晚间新闻》，她担任特稿编辑的助手。她帮助记者完成调查，做采访，负责跑腿和杂事。她能同时处理好几件事，但依然保持条理。"如果她在军队，会是很优秀的指挥者。"她的同事鲍勃·特雷弗回忆道。她能自如地阅读拉丁文，为植物和古代世界着迷，还是郡板球比赛的狂热爱好者。在她晚年的时候，家宅的砖结构需要修理，普雷斯顿请人搭了脚手架，然后自己修。她曾与法国总统弗朗索瓦·密特朗通信，仿佛这是一件最寻常不过的事情。"她有那种'赶紧把这事儿干了'的状态，容不得磨磨蹭蹭，"她的女儿阿贝拉说，"她完全不会自怜自艾。"普雷斯顿是预兆局最合适的人选。她一直对神秘学感兴趣。如果遇到卖薰衣草的吉卜赛人，她总会和对方聊几句。

巴克和艾伯凡研究中的知觉者保持联络，费尔利在《标准晚报》的办公桌则成了与预兆局联系的其他公众的目的地。大多数时候，他

《标准晚报》编辑部

人不在办公室,所以负责记录来电、归档信件、前后对照十几份报纸以确认幻象是否匹配的,是普雷斯顿。她把预兆局收到的预感警告分为 14 个类别,其中包括"王室""名人""赛马""火灾""非特定灾难"等。寄信给预兆局的人会收到以下格式的回信:

> 《标准晚报》的科学记者彼得·费尔利先生感谢您好意告知您的预感。您提供的材料已被归档。如果您在 1967 年中还有其他预感,费尔利先生希望您能再次告知他。

费尔利喜欢赌博。他会受到突然进入脑海的奇怪名字或数字的启发(他相信这种大脑过程也是一种预感),在赛马比赛里毫无节制地下注。他喜欢在安静的早晨,浏览普雷斯顿整理的"赛马"类别,以寻求可能的信息。

费尔利在文章中,对是否可能预见未来一直抱持着谨慎的中立态度。"我只承诺两件事,"预兆局开始运作的第一周,费尔利在《标准晚报》中如此写道,"没有人会被嘲笑。第二,在调查完成前,他们的预感是保密的。让我们只是弄清真相吧。"私下里,费尔利对预感的运作自有一番理论。他怀疑,人们是通过某种心电感应瞥见未来。他将我们的思维比作无线电波,他人的思想能够间歇性地调频到我们的"电波"中。他认为,如果这种现象真实存在,那么它完全出于知觉者的潜意识,或超出知觉者的控制。

不过,费尔利的工作和天赋就是吸引大众的注意力。"人类已经能去往太空,并且安全回归,"1961 年,费尔利在加加林飞往太空的早晨写道,"他搭载一枚强大的苏联火箭,直线上升至预定轨道,这一切是那样壮观。被击打,身体近乎扭曲,声音震耳欲聋——但他是安全的。"费尔利将 1960 年代最重要的科学进程描绘为英勇、扣人心弦又不乏风险的事件。他喜欢用日常事物来解释科学,例如,加加林的火箭和 60 辆伦敦红色巴士一样重。为描述英国顶尖大学和企业失去了科学智囊,他创造了一个新词"人才外流"。1962 年,一篇具有里程碑意义的论文即将在《自然》杂志发表,费尔利提前得到了消息,这篇论文基于剑桥的射电望远镜的测量数据,为宇宙形成的大爆炸理论提供了论据。当天,《标准晚报》派出一名身穿白色大衣的卖报人,当费尔利的对手们走进新闻发布会聆听这一科学发现,卖报人向他们兜售费尔利的头条故事。每周,费尔利通过他的"科学世界"专栏向读者宣告不同时代的到来:计算机时代、电子时代、太空时代。他为激光、原子火箭、超导电性、高压物理而喝彩。他写过一本关于疼痛的书。在大爆炸理论独家新闻后,温特写信给他:"你的名声膨胀得和宇宙一样快。"随着太空竞赛日趋激烈,费尔利在 BBC 和

ITV 的镜头前出现的频率越来越高。他开始在大街上被人认出来。在他自己看来,他的所有故事都是写给一位想象中的读者:一名穿着褐色裙子的工人阶级女性,嫁给了一名卡车司机,住在东伦敦泰晤士河畔的破旧社区沃平。费尔利晚年披露的这一读者形象,其原型是他的祖母。

　　电话留言、慎重的信件和不那么确定的潦草笔记——预兆局收到的警告成了《标准晚报》编辑部嘈杂的、堆满纸片的世界中的一部分。在开阔的二楼办公室里,同时有 100 台打字机在工作,电话整日响个不停,座椅在油毯上互相打架;头顶上的滑轮呼呼作响,把照片传到一张张办公桌上;因为地下室印刷机的动静,这层楼每天会震动九次;"小伙子!"喊的是等在墙角的信差,他们在楼内楼外负责跑腿的差事。无论时节,荧光灯从早到晚点亮办公室,这里满是浓重的烟味、口臭,还有漫不经心的性别歧视。人们狂热地工作,随着当天报纸最终定版,他们间歇性的关注点出现又消失。他们这一分钟还在大笑胡闹,下一分钟已在急躁地打字。温特不时出现在人们的办公桌旁,他言简意赅但洞察力极强。当人们开始在鞋巷二楼工作,他们在最初六周内往往会头疼欲裂。然后,他们会发现自己很难再去别的地方干活了。

　　预兆局成立后四十八小时内,收到了 20 条警告。其中一条提到了火车相撞。有两条预测大西洋上空会发生客机失事。还有一条称,肯辛顿高街上的约翰·巴克百货公司的天花板会掉下来。(值得注意的是,巴克的名字还没有出现在报纸上。)1 月 6 日,费尔利在《标准晚报》上写道:"我们拭目以待……"如果第一年的实验展现出潜力,费尔利想要把结果提交给议会和英国医学研究委员会,看他们是否认为有必要设立某种官方性质的全国早期预警机制。在 BBC 的节目上,有人问费尔利,如果预兆局记录到关于一场灾难的比方说 15

1960 年代的

彼得·费尔利

条相似预感,他会怎么做?"显然,如果预感之间有显著相似性,而且大量预感都指向某特定事件,"他说,"我不可能袖手旁观。"

西格蒙德·弗洛伊德沙发旁的书架上有一册亥姆霍兹的《生理光学手册》。和康德一样,他也提出了一种知觉模式,这种模式似乎是可预测的大脑之概念的先声。弗洛伊德描述了大脑原始的、不受束缚的本能和欲望(他称其为"本我")与协调这些欲望和真实世界的冲突的"自我"之间的相互影响。我们与生俱来的期望和我们实际的生活,快乐原则和现实原则——如何取舍成了健康大脑的基本任务。尽量在不惊慌失措的情况下做到这点(用神经科学家的话来说就是减少我们的预测误差),就是弗洛伊德有时所说的涅槃状态。

对于神秘学,他从未有过定论。1909 年 4 月,弗洛伊德和卡尔·荣格有过一场关于预感的争论,荣格对这个概念要包容得多。当时,这两位精神分析学家在弗洛伊德位于维也纳的公寓里。两人争执时,荣格的胸腔突然有种奇怪的灼烧感——"仿佛我的横膈膜是铁做的,正变得滚烫灼热,像泛红的拱顶"。接着,书柜那里传来一声巨响。两人站在原地,愣住了。荣格把这个小插曲归为超感官知觉(ESP)。"哦拜托,"弗洛伊德回答说,"这完全是胡扯。"不过,事后弗洛伊德还是好好地检查了一番。

精神分析聚焦无意识的神秘之处,表面上,弗洛伊德担心如果他对存疑的科学过于包容,那么精神分析就会涉及类似超自然的领域,最后反而会使这门学科受损。他担心,如果人们发现某一神秘学现象是真实的,会导致何种情境。"若是这样,批判性思维、决定论的标准和机械科学就会出现可怕的崩溃。"他在 1924 年写道。但是,弗洛伊德花了很多时间思考偶然性。精神分析学家并不热衷随机性的概念。他们偏爱环环相扣的意义。但是，一个没有意外的世界也是一个充满隐藏线索和命定人生的世界。为了给混乱留存空间，为了否认超自然事物，弗洛伊德提出了"事故"（Unfall）与"偶然事件"（Zufall）之间的区别，他认为前者是可以解释的意外，后者是纯粹的、不可解释的事件。

然而，他永远无法略过心电感应这一概念，它似乎构成了无意识大脑之间的交流，弗洛伊德相信自己和患者之间出现过这种现象。在技术进步的19世纪，电报和电话如幻影般带来了声音和消息，跨越了此前无法跨越的距离，如同生活在这个时代的许多思想家，对弗洛伊德来说，心电感应仅仅是一个待解决的问题。和巴克一样，弗洛伊德也是英国精神研究协会的成员，他于1911年加入该组织。"有些人一开始就将所谓神秘学现象的研究拒斥为不科学、不值得或有害的研究，我和他们不是同道，"十年后，他在给英国精神研究学者赫里沃德·卡林顿的信中写道，"如果我处于科学生涯初期，而不是像现在这样处于末期，我可能不会选择其他研究领域——即便（研究神秘学）困难重重。"弗洛伊德在神秘学面前不时表现软弱，这让许多亲近的门徒十分气馁，他们或为老师辩解，或恳求弗洛伊德反省自己。弗洛伊德的老友和传记作者埃内斯特·琼斯就因这件事苦恼不已。1926年，弗洛伊德试图在信中安抚琼斯（但是失败了）。"你只需回应说我接受心电感应是我自己的事情，"他建议道，"就像我是犹太人和我对抽烟的热爱。"

约翰·巴克成长于确定性接连丧失的环境中。他的父亲查理是一名会计，巴克形容他是一个"讲求精准，实事求是的人"。查理在圣劳伦斯学院上学，那是一所位于英格兰南部海岸的拉姆斯盖特的寄宿学校。第一次世界大战爆发时他二十三岁。查理志愿加入英国军队的运输部门辅助服务部队。1915 年，查理抵达法国，在接下来的三年里，他在机械化部队服役，负责引导卡车、弹药和食物穿越炮火与泥泞，运送到前线士兵的手中。

查理入伍时是二等兵，退伍时已升为上尉。他因为英勇，在军队简报中被提到过两次。和西线上的许多士兵一样，查理在战时也有过非自然体验。法国北部的战斗充斥着现代事物和大规模死亡，这使得战场常常发生幻视和奇怪事件。各方都有士兵见过天空中的十字架，听见曾救他们一命的声音。最常见的现象是感知到自己或身边战友的死亡。英国士兵将之称为"召唤"。各支军队各有征兆。在法国军队中，如果梦见公共汽车就意味着噩运。这些预感往往不会成真。"我知道不少人，他们屡次有这样的预感，而且我知道他们猜错和猜对的概率一样高，"一位名叫查理·萨维奇的加拿大步兵提道，"但是当你有这种预感的时候，统计数字无法使你得到安慰。"1917 年，法国官方的《共和国部队公报》要求士兵上报他们的预感，以便官方对此进行研究。

巴克还是个孩子的时候，就听过查理的超自然战场故事，不过那时他并未记录下它们。对战场上的英国士兵来说，最著名的幻影是"蒙斯的天使"，据说是一片闪光的、幽灵般的、如同弓箭手的人影，1914 年 8 月 23 日蒙斯战役时，士兵们撤退之际看到了这一幻影。战役发生后一个月，《晚间新闻》上发表的一篇小说首次描绘了弓箭手的幻影。随后，这个故事在全国各地的宗教小册子上不断重印，人们渐渐信以为真。1915 年春天，在比利时有士兵发誓他们也见过这些天使。

在英国，当时有巫师和灵媒声称，能帮助士兵的家人与他们战死战壕的儿子们交谈。诸如柯南·道尔和奥利弗·洛奇（物理学家、无线电领域的先驱)等著名思想家,都发表了与他们死去儿子的对话,读来令人伤心。鲁德亚德·吉卜林则完全回避这件事。"我看到太多邪恶与悲痛之事,看到太多优秀的头脑被摧毁。"他这样写精神领域的诱惑。一战结束几年后,吉卜林梦见他站在一个大礼堂中,身穿最好的衣服,脚下的石板纹理粗糙,但是他看不见这里发生了什么,因为他左边一个男人的肚子太大了。1926年10月19日,为纪念在战争中死去的百万人,威斯敏斯特教堂举办了一场纪念碑揭幕仪式,吉卜林也出席了仪式,因为他撰写了碑文。那是一个庄严的正式场合,教堂里满是身着黑色西装的人。但是,吉卜林身旁一个体型庞大的男人阻碍了他的视线。吉卜林环顾四周,最后沉默地望向地面,他认出了这就是梦中的石板。"而这就是我在梦里见过的地方,"之后,他如此写道,"我如何以及为何看见了我生命长卷中未曾揭晓的一幕?"

巴克是独子,这很不寻常。查理是四名儿女中唯一结婚且离开家的。巴克活着的时候,他的叔叔西奥多和阿瑟、阿姨阿德利娜共同住在布莱克希斯射手山上的一栋大房子里,这栋房子曾属于他们的父母。西奥多修理汽车,阿德利娜画画。他们都是严肃认真的、精力旺盛的基督徒。查理离开军队后,在布罗姆利的一家汽车经销商店找到一份会计兼经理的工作,他与诺拉·海因结了婚,后者是贝德福德郡一位牧师的女儿。婚后,夫妻两人住在舒适的郊区别墅里,他们的儿子在当地的一所预备学校伯克利霍尔上学。一张早年的快照显示巴克正和自己的父母玩板球,照片背景是广阔荒芜的平原。

1938年5月,巴克获得了汤布里奇的奖学金,这是一所在肯特郡的寄宿男校。他是一个高大健壮的男孩。他玩英式橄榄球,在200码赛跑中拿过冠军。第二次世界大战开始时,巴克十五岁。查理再次入伍,他被派遣到贝尔法斯特。他带着家人一同去。1941年,巴克在当地的女王大学报名学习医学。在那年 9 月拍摄的一组照片上，他穿着深色外套，打着同色的领带。他微笑时，柔软的嘴唇抿在一起。1943 年春，因为在贝尔法斯特成绩优异，他转学到剑桥大学，剑桥的导师认为他敏锐且勤奋。"还是不太成熟，但是判断力良好，将获得一等荣誉学位。"在他的第二学年，他的生物化学导师如此写道。当时，巴克是学校英式橄榄球社团的社长，他平时也游泳。

1945 年秋天，巴克回到伦敦，他在海德公园角的圣乔治医院和医学院学习。战后，这里的建筑破旧不堪。巴克发现走廊又黑又不透风，室外车辆呼啸而过，这里却有一种奇异的寂静。图书馆曾遭轰炸。独自工作到深夜的学生和看门人有时会报告自己突然感到寒冷与消沉，还有人听到无法解释的脚步声，觉察附近有人。二十一岁的巴克开始汇总这些人的经历。圣乔治医院建于 1830 年代，威廉和玛丽·坦皮斯特病房里危重患者的床边会出现幽灵，据说这是死亡的预兆，巴克就此询问过在医院工作的护士。医院里还有一个幽灵（也许和患者病床旁的是同一个），据说这个幽灵原本是医院里的一名年轻护士，1926 年她与一位患者有了婚外情，之后从很陡的楼梯上跌落而死。一名夜班护士告诉巴克，有一次她抬头看见一名病房护士长坐在桌旁，只开了一盏灯，她又确认了一遍然后发现那天并没有安排当值的病房护士长。其他人抱怨说，当听见脚步声靠近时他们像瘫痪了一样不能动弹，无法从座位上起身，等脚步声远去他们才能活动。

一天晚上，巴克在校外遇见了同学 C.P.，后者刚从校门口出来，脸色苍白，看上去吓坏了。据巴克所说，C.P. 平常"很友好，看上去是冷静的人，而且对一切精神现象都持绝对的怀疑态度"。他们一起去了附近的酒吧，几杯酒下肚后，C.P. 告诉巴克，他刚才独自站在学校图书馆的书架前，突然感到一阵颤抖，他觉察有人站在身后打量自己。C. P. 听到刮擦的声响，就像一把金属尺正在他旁边的铁书格上划拉，他马上从图书馆跑了出来。"之后他几乎再没提过这件事，而且也不想别人问他。"巴克写道。

数月后，巴克和另一位朋友在图书馆里待到深夜，他们想看看会遇上什么。人们通常把书架之间的扰动归咎于约翰·亨特的鬼魂，他是18世纪末一位很有魅力的外科医生，当时在医学院担任导师，亨特六十五岁时于医院病逝。一位弟子称亨特患有"一种十分不规则的心脏痉挛"，只要他心情苦闷或过度工作就会发病。亨特明白，这种突然的激动总有一天会杀了他。"我的性命掌握在任何选择使我处于某种激情的无赖手中。"他说。1793年秋天，圣乔治医院的外科医生们正为某事争论不休，亨特被邀请参加一场调解会。10月16日早晨，他起床后先检查了昨晚送到办公室的刚掘出的尸体，准备解剖工具，吃了一顿丰盛的早餐，接着出发探访患者。在下午医院的理事会上，亨特突然暴怒。"他和外科医生们说了几句话，接着就开始控诉。"他的弟子写道。亨特被自己的激情击倒了，很快病逝。巴克在图书馆竭力引出亨特的鬼魂，他使用乩板（一小块通灵书写的木板），写下问题，亨特的鬼魂能通过在墙上敲打出声响（所谓的"灵敲"）来回答。巴克和他的朋友安静地坐着，试图破译图书馆老旧暖气管里间歇发出的拍打声：敲一下代表"是"，敲两下代表"不是"。"尽管几乎要被吓死了，但我们从未体验过这种有形的显灵现象。"他回忆道。

在学业即将结束时，巴克和简订婚了。1947年晚些时候，他们在学校里找到一间空会客室，靠近女士休息室，巴克说这是为了"自在地交谈"。房间里只有他们俩，门微微打开。半小时后，大约晚上11点左右，门突然敲开，"就像被一阵强大但不存在的风吹开了一样"，巴克这样写道。房间里立刻变得很冷，他和简十分害怕。

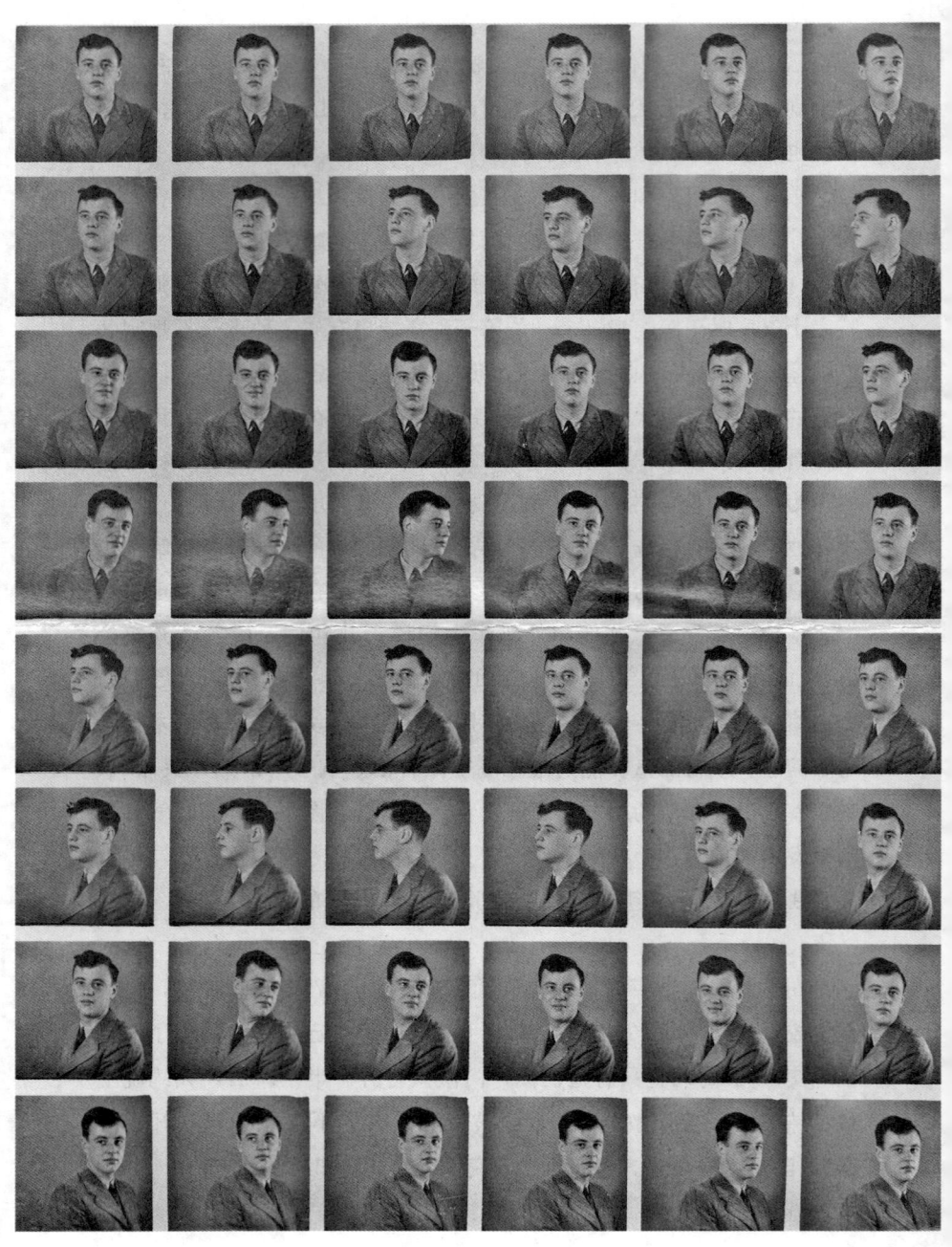

约翰·巴克，1941 年

我们决定马上离开，于是冲出门来到走廊，我的未婚妻先走，房间的灯没关。我们离开房间时，都听到身后传来一声令人害怕的巨响，就像是大氧气罐被打翻的声音，就从我们刚坐着的房间里传来。

他们又跑到街上。然后巴克独自一人回去查看情况。他沿着走廊一路摸回那间会客室，料想能发现造成声响的原因或一片狼藉的迹象，但是什么都没有。"一切都是我们走时的样子，而且十分安静，"近二十年后，他在为学校杂志写的一系列回忆文章中写道，"这一切意味着什么？这些努力吸引我们注意的躁动力量究竟是谁或是什么？他们想要什么？"

1955年8月的一个周六，巴克正在圣埃巴医院值班，这是一家萨里郡埃普索姆郊外的精神病院，占地面积大，拥有1000张床位。巴克当时正要检查一位刚入院的年轻男子。这名患者二十多岁，头发乌黑，面部棱角分明。"他有一张稚气的脸，神情紧张。"巴克写道。这名男子称自己是来自海威科姆的卡车司机，身高一米七六，体型苗条。他环顾病房的样子就好像这里藏着什么危险的事物。

巴克当时三十一岁，已经完成了精神病学学位的一半课业。圣埃巴医院隶属于埃普索姆园区，即在19、20世纪之交于萨里郡郊外建造的五家医院，它们负责接收全伦敦的精神病患者。第一次世界大战后，圣埃巴医院曾治疗患有炮弹休克的士兵。巴克接诊的这名患者是从密德萨斯医院精神科转到圣埃巴医院的，转诊记录上寥寥几字，不见医学诊断。当巴克请他躺在床上接受身体检查时，该男子变得暴躁好斗，说这就是在浪费时间。

挣扎了几分钟后，这名患者解开衬衫，让巴克检查自己的躯体，上面遍布各种交错的外科切口。"他的腹部让我震惊，上面满是瘢痕组织。"巴克记录道。巴克在这名患者的背部发现有 20 处腰椎穿刺的痕迹。随后，他极富同情地听患者说起自己含糊其辞、前后矛盾的病史。"我当时真的认为他的一些回答是讲得通的。"巴克回忆说。但他也觉得奇怪，因为这名男子看起来身体良好，为什么需要做那么多手术呢？离开病房后，巴克咨询了一名资深同事，那名同事告诉他这可能是一例孟乔森综合征患者。

巴克为这名患者（他之后称其为"莫里斯"）办理入院手续，给他打了镇静剂，因为担心患者可能试图逃跑，他把患者安排在一间锁住的病房里过夜。周日早晨，巴克回到圣埃巴医院时发现，莫里斯损毁了病房里的家具，辱骂护士，整晚大喊大叫，让其他患者也睡不着。他又把莫里斯关在一间更小的病房里，但是莫里斯立刻从狭窄的边窗逃走了。那天晚些时候，莫里斯的父亲来到圣埃巴医院，这名父亲才是一位卡车司机，他告诉巴克，自己的儿子在过去几年里住过一百多家医院。几天后，巴克听说莫里斯后来在切尔西的一家医院接受治疗，不过又逃走了。"我开始认真思索这名紧张又充满恨意的年轻人的状态。"他写道。他对孟乔森综合征充满好奇，这种不寻常的疾病似乎压垮了莫里斯，同时巴克又为自己对这种疾病准备不足而羞愧不已。1956 年，巴克正式成为一名有资质的精神科医师。之后四年，为撰写博士论文，他在全国各家医院又找出 9 名孟乔森综合征患者，他的这篇论文也是最早研究这种疾病的临床文献之一。

在巴克的论文中，莫里斯是重要研究对象。1957 年 4 月，在莫里斯父亲的帮助下，巴克追踪到莫里斯的踪迹，他在艾尔斯伯里郊外的一家医院里。巴克与一名同事不请自来，他问莫里斯能否进行一些心理学测试。这次会面并不和谐。莫里斯认出了巴克，但不确定他们在哪里见过。莫里斯不时表现出攻击性，巴克不得不离开病房。剩下的时间里，巴克作为精神科医师，观察和聆听莫里斯，思忖"这样一位不起眼的小个子"是如何骗过了许多医术高明、资历深厚的医生。"我还想知道，他为什么会这样做，他为什么必须做那么多手术，"巴克写道，"有时，我觉得原因一目了然，但是一瞬间，灵感就离我而去。"莫里斯一度在一家医院的停尸间找到了工作，生活似乎安顿下来。但是两年后，巴克的一位朋友从旺兹沃思的急诊室打电话给他。此前，莫里斯走进急诊室，要求做头部 X 射线检查，他声称自己在伦敦机场回来的路上从公交车上跌落。巴克马上安排把莫里斯转到萨里郡的班斯特德医院，巴克正是该院精神科成员之一。关于莫里斯的自述，他警告医院的护理团队："他的每一句话都不要相信。"

接下来的两周里，巴克与莫里斯几乎天天见面。巴克一上班就看见莫里斯坐在自己的办公室里。这个年轻人的情绪在一次对话中会变化好几回。莫里斯时年二十五岁，他既可以讨好别人，请求他人帮助，也会激怒巴克，试图挑起争端。有一天，巴克态度软化，决定让莫里斯下午出院半天；他在半夜 1 点醉醺醺地回来，还带着女友。不久后，他从浴室的窗户逃出去，沿着 9 米多的排水管往下爬，然后逃匿至伦敦，他声称自己颅骨断裂并试图在伦敦求医。警察把他带回了班斯特德。

"大约是这一次，我开始考虑前额叶切除术能否帮到他。"巴克回忆道。前额叶切除术，也被称为脑叶切除术，即切断患者大脑前额叶的连接组织。这种手术既原始又激进。1950 年代，脑叶切除术已被学界彻底抛弃，因为这种手术的过程十分残忍，而且更可靠的药物新疗法也已出现。在关于孟乔森综合征的有限文献中，没有证据支持这种手术干预。然而，巴克假设在莫里斯的案例中，手术也许能"降低他的驱动力"，减少他对住院医生的持续纠缠。巴克形容莫里斯的父母是一对友善的工人阶级夫妇，他们同意做手术。莫里斯对此十分激动。"赶紧动手做吧，"他告诉自己的精神科医师，"这是我过去十年来一直想要的。"当医护人员给他剃头时，他感到兴奋。巴克指出，这可能"体现了他死的本能（Thanatos）"。

1959年4月28日，莫里斯头骨的两侧钻了几个洞，脑叶切除器（拥有可伸展刀片的银色外科工具）被放入。当活塞压紧，刀片打开，脑叶切除器旋转，连接莫里斯大脑前部的组织就被切断了。一个月后，巴克相信他已经治好了他的患者。他得意洋洋地给理查德·阿舍写信，正是这位内分泌专家在1951年将这种疾病命名为孟乔森综合征。阿舍没有回信。之后，莫里斯的情况开始恶化。他漫无目的地出入班斯特德医院，一次消失好几天。有天晚上他又回来了，另一位医生观察到，他"情绪低落"，"没有自知力，没有明确的是非观"。6月24日，在他完成脑叶切除术不到两个月后，莫里斯现身于东伦敦罗姆福德的一家医院，他抱怨说自己头疼，且两臂无力。他宣称自己被摩托车撞了。三周后，他因偷车在牛津入狱。

巴克对莫里斯的治疗无法释怀。1962年，他写信给《柳叶刀》杂志，反对用脑叶切除术治疗慢性精神疾病。巴克在博士论文中花了28页的篇幅，以犀利、自省的语调叙述了他对莫里斯的治疗，他反复斟酌医学人士面对孟乔森综合征时起到的副作用——一位本意良善的医生竟然加深甚至实现了患者的幻想。"医生的态度也十分重要，"巴克写道，"因为他可能不知不觉就陷入了患者的计划。"巴克引用了卡尔·门宁格的分析，后者在1930年代从"多次外科手术"和"多次外科手术上瘾"的角度来研究孟乔森综合征。门宁格观察发现，在医患关系中，一名医生想要治愈和理解一名患者病况的渴望是强大的，且有催化作用。"潜意识里的动机加上有意识的目的，促使医生选择手术，（医生的决心）绝不少于患者选择接受手术（的决心）。"

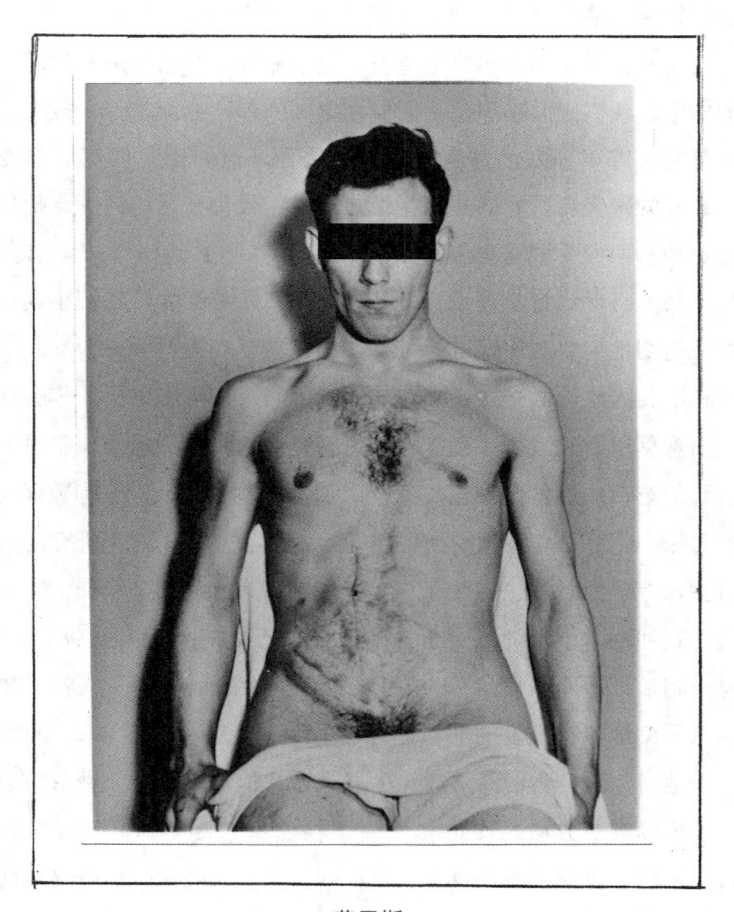

莫里斯

门宁格写道。巴克也引用了爱德华·韦斯和奥利弗·英格利希，这两位来自费城的精神科医师是心身疾病领域的先驱，他们曾警告称，一位有自毁倾向的孟乔森综合征患者如果遇到一名渴望做手术的医生，最后的结果可能是患者"到了几乎被取出器官的地步"。

医生和科学家不会对错觉免疫，也不能保证自己永远不被卷入他人的错觉。我们倾向于想象，他们在更高的理性层面工作，或者在行动时总是怀着更强烈的怀疑。但有人认为，他们比我们更容易受影响。最好的研究者研究的是那些模式难解、代价高昂的问题。他们盼望以一种新颖的方式来解释世界。1988年，哈佛大学心理学教授布伦丹·马厄将形成科学理论比作精神病。"只要自然给我们出题，我们就会迫切地生成理论，"他写道，"谜题需要解释。"

科学与疯癫的区别是，当你的解释无法对应现实世界，你会纠正它。治愈莫里斯失败后，巴克弃绝了脑叶切除术，不过他似乎没有质疑自己的逻辑或那种促使他推荐使用手术的激烈路径。没有数据支持他的想法。就算有，数据得出的结论也是相反的。（巴克研究的另一名孟乔森综合征患者也接受了脑叶切除术，其症状也没有改善。）唯一真正欢迎手术干预的是莫里斯本人，而巴克对他曾有过评价："他的每一句话都不要相信。"正是巴克作为医生的那一部分人性，使得他愿意深刻地聆听患者的话，并且努力像患者一样来看待这个世界。而正是他身为研究者时不可避免的弱点，让他相信存在一种只有自己才能发现的解决方法。1960年1月，在莫里斯接受脑叶切除术的八个月后，巴克提交了博士论文。他提到，莫里斯的父亲最近又来找过他，敦促他在莫里斯出狱后继续治疗自己的儿子。"他对你有信心。"巴克引用莫里斯父亲的话。这位精神科医师再次下定决心。"也许我应该再把所有方法试个遍。"

这份工作带来了危害，1950年代晚期，当他继续治疗莫里斯，巴克变得极度肥胖。重量压在他原本沉重的骨架上。领带上方是他的双下巴。巴克早餐吃油炸食品，像他父亲一样抽烟斗。他被禁闭在漫长的工作日和医院走廊中。在多塞特经历身体崩溃后，巴克被诊断患有高血压，保险公司基于他的健康状况和前列腺疾病家族史，拒绝了他的人寿保险申请。到谢尔顿医院工作时，他已经在精神病院工作了八年。日复一日，那些奇异和罕见的经历早已被庸常和无望的患者所遮蔽。访客进入医院相当宏伟的行政大楼后，首先看到的景象之一就是沉默的患者正在把深色油毡地板打磨得光洁亮丽。

在一定程度上，巴克对抗这种无价值的日常的办法是，挑选一系列合适的主题，然后对此发表想法和研究成果。1958年，当时他还在班斯特德医院，巴克调查了42家精神病院对电休克疗法的实施，他询问医院使用哪种麻醉剂、每种麻醉剂的副作用各是什么。他计算出，使用电休克疗法的死亡率是0.0036%。在另一个项目中，巴克研究了癫痫患者的骨髓问题，这些患者要定期接受针对惊厥症状的治疗。在赫里森医院，他对改变患者的环境变得很感兴趣：让长住患者和急症患者的病房合在一起，鼓励不同性别的患者混住。在谢尔顿医院，他与别人合写了一篇描述"购物日"的论文，期间当地的百货公司会搭建临时陈列，在大厅里配有试衣间。1964年早些时候，巴克连续数月出现在《柳叶刀》的来信栏目中，他在信中主张应该为精神科医师建立一个新的官方机构（那年年末该机构成立了），并认为精神病院的医生回访机制应有所改革。

他强烈坚信，与患者的任何互动几乎都可能促成新的论文或新的成果。1964年，巴克得知他之前研究的孟乔森综合征病例中，有一名患者又在伦敦求医，患者是一名孤儿，做过妓女，她曾吞下打开的安全别针。巴克安排她转院至241公里之外的谢尔顿医院。这名患者在病房里住了两个月,之后巴克为这名被称作 BM 夫人的女士在一间盲人护理中心找了一份清洁工的工作,但她很快就逃走了。巴克在英国中部地区的 70 家医院分发有关 BM 夫人的描述,最终在伯明翰找到了她,并将其带回谢尔顿医院。在接下来的一年里,巴克和专长催眠的同事索菲娅·卢卡斯医生合办了一场临床研讨会,他们在一群来访的精神科医师面前对 BM 夫人进行治疗,有关治疗的描述发表在《美国医学催眠杂志》上。

不过,在什罗普郡,巴克似乎把自己照顾得更好了。他把烟斗和大啤酒杯挨个挂在巴恩菲尔德房子的餐厅里。他和孩子们一起玩耍。他成了一名热心的时钟收集爱好者。一到整点,三座落地钟和一座布谷鸟钟的报鸣声回荡在整栋房子里。为了锻炼身体,巴克开始玩冲浪。这项运动还没有在英国普及时,这名精神科医师就买了一块红白相间的冲浪板,并将其绑在福特"西风"的车顶。一家人去多塞特郡的伍拉科姆海滩避暑时,巴克有时会消失一天,独自去纽奎寻找合适的海浪,有时他的孩子们会看到他(一个穿着潜水服的大个子,比其他大部分长板玩家都年长二十岁)努力在浅滩处捕捉浪花。这一天结束后,巴克回到旅馆,他的腿上布满伤口。

巴克的事业逐步取得进展,孩子们慢慢长大,他的生活中已经很少有空间或没有空间留给神秘学了,不过,他还是努力为此腾出时间。巴克会带大儿子奈杰尔在安静的周末去闹鬼的房子里探险。当时奈杰尔大概六七岁,他更想留在车里。巴克在家工作时,孩子们常常在书房外的走廊里跑上跑下,直到巴克走出来让他们不再那么闹腾。孩子们称他"爹爹"。父亲的书房门开着时,他们得以瞥见他摆在桌子上的水晶球。

1965年夏天，巴克到谢尔顿医院的两年后，他在《英国医学杂志》上读到一封信，内容关于一位来自加拿大拉布拉多省的四十三岁女性之死。这名患者AB夫人，是一名猎兽者的妻子，也是5个孩子的母亲，他们住在纳斯卡皮河河岸一个叫西北河的偏远贸易村镇。这个村镇每年冬天会与外界隔绝数周，不过这里有一家装备精良的小医院埃米莉·张伯伦医院，医院俯瞰河流，外墙被漆成绿色，医生团队会乘坐狗拉雪橇、船或小飞机外出治疗游牧民族伊努人社群，他们的居住地延伸至内陆数百公里。一位外科医生会坐飞机一年来村镇几次，负责小型手术。

AB夫人抱怨说自己失禁，除此之外她十分坚强、健康。西北河猎兽者的妻子往往要在丈夫连续出门数月的情况下生活。她们劈柴，射杀鹧鸪，将自己做的衣服拿到贸易商店售卖，在冰面上凿小孔来钓鱼。1965年3月，AB夫人被送入院，接受阴道壁修补手术。她很紧张，不过手术似乎很成功，手术时长不到一小时。"一切都完全正常。"负责照顾AB夫人的年轻英国医生彼得·斯蒂尔回忆道。不久，AB夫人恢复意识，但她抱怨说自己左侧疼痛，且陷入了休克。她的血压骤降，很快去世。尸检结果显示，AB夫人患有肾上腺出血，这是一种罕见的肾上腺疾病，此外她并无其他潜在疾病。医院团队深感困扰。"这让人震惊，"斯蒂尔说，"就好像她起床了，然后就死了。"

之后几天，医生们被告知，在AB夫人小时候，一个算命师告诉她，她会在四十三岁那年去世。AB夫人在手术前一周刚过完生日，她很确信自己撑不过这场手术。斯蒂尔和他的同事们决定在《英国医学杂志》上分享该病例的细节：

> 手术前一晚，她告诉妹妹没想过自己能从麻醉中醒来，她的妹妹是唯一知道算命师预言的人。做手术的那天早晨，患者告诉

预兆局

一名护士,她很确信自己就要死了。我们在做手术时并不知晓患者的恐惧。

如果诸位读者也经历过类似的患者死亡案例,我们将十分感激各位的分享。我们想知道,这名患者严重的情绪紧张加上手术带来的生理压力,是否造成了她的死亡。我们是……

巴克被这个病例激发了兴趣。1952年,那时他刚获得行医资格,他在格洛斯特接诊过一名也确信自己将死的男性。那名患者当时刚过四十岁,人们发现他在城里游荡。"他真的被吓坏了——我从没见过一个人害怕成这样,他太害怕了,我们甚至完全无法和他进行对话,"巴克之后写道,"他不回答我们的任何问题,只是一直在喊:'我要死了,我要死了,请别让我死。'"巴克给这名患者吸氧,还开了氨茶碱,这种药物能缓和他的呼吸,但是患者入院后不到半小时就去世了,尸检结果没有揭示任何明确的死因。两年后,巴克遇到了第二名有类似症状的男性,他相信是自己加速了这名患者的死亡。患者抱怨说自己胸疼,巴克问他是不是觉得自己要死了。"突然他出现了一种快速而深沉的变化,"巴克写道,"他没有回答——实际上,他再也无法说话了。"这名患者猛然向后倒下,约一分钟后他就死了。这一次,尸检结果显示该患者心脏动脉肥大、心肌无力,但依然无法确定决定性死因。

在这些病例中,医学似乎只能部分解释发生了什么。1942年,哈佛大学医学院生理学系主任沃尔特·坎农用"巫毒死亡"来形容某人被惊吓致死时潜在的生物学机理。坎农提出,人可能因交感神经系统和肾上腺分泌过载而死。他的研究局限于"原始民族"和"黑魔法",但是巴克相信这些现象也存在于西方社会。因恐惧而死或依照某种预言走向生命终点,恰恰存在于传统科学领域之外,而这是最吸引巴克的一点。

巴克联系拉布拉多省的医生以获取更多关于 AB 夫人病例的细节，他响应了医生们的呼吁，希望在医学文献中找到更多的相似病例。整个 1965 年秋天，《英国医学杂志》的读者来信版面上写满了似乎害怕致死或符合预言死亡的病例：一名二十一岁的母亲在生下孩子后的第七天去世了，曾有人警告她将会这样死去；一位身体其他方面无恙的七十四岁老先生心脏病发作后拒绝相信自己已经恢复了。这位老先生写信给律师，立下遗嘱。当医生说他已经好多了，他笑了。"他的身体恢复得很快，但他从未怀疑自己大限将至，"北伦敦巴尼特区的一名医生写道，"入院三周后，他突然倒下然后去世了。"

《英国医学杂志》上刊登的部分来信引用了坎农关于"巫毒死亡"的研究。一名澳大利亚的精神科医师提到了柯特·里克特的实验，里克特是美国巴尔的摩市约翰斯·霍普金斯大学医学院的心理生物学家，他在 1950 年代所做的实验显示，小鼠在绝望的环境中会放弃求生，继而等死。坎农描绘的是一种强大的恐惧和肾上腺素激增的状态，而里克特则目睹了一种听天由命的状态，此时小鼠已经丧失了求生欲望；它们的心率变慢，体温降低，呼吸停滞。这一切常常花不了多长时间。野鼠的胡须被修剪后就死了，其他小鼠被搬运后也死了。"这些小鼠面对的情况几乎不是严格意义上的战斗或逃跑反应——而是绝望的情景，"里克特写道，"无论它们被束缚在手掌中，还是被禁闭在注满水的瓶子里，小鼠都处于毫无防备的境况。"里克特得出结论，小鼠的生死取决于它们的"情感反应"，这种反应可能是积极的，也可能是消极的。里克特发现，在相同的情况下，如果这些动物在某一刻被提上来或瞥见逃脱的可能，它们或许会拼死求生（在一个例子中，小鼠在瓶子里游了八十一个小时）。"如果消除了绝望感，小鼠就不会死。"里克特写道。

预兆局　　081

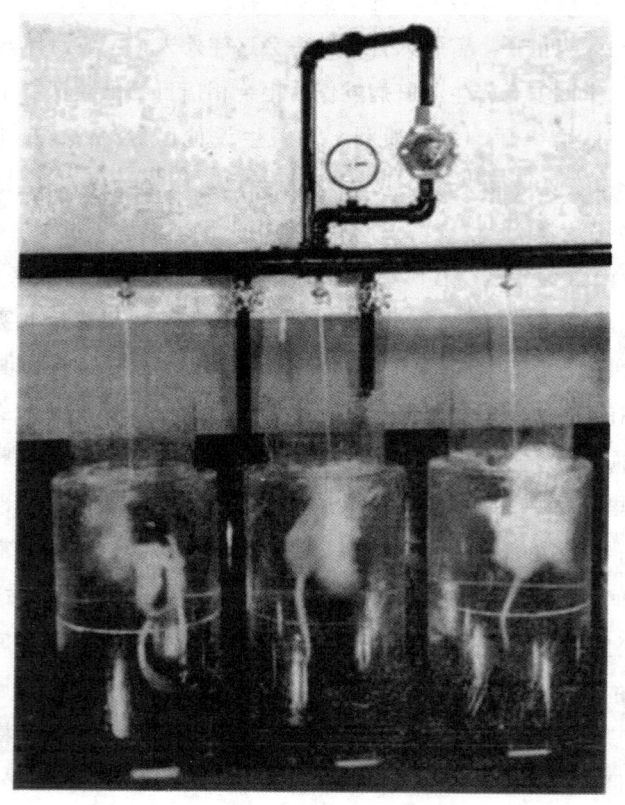

柯特·里克特的小鼠

巴克在《英国医学杂志》上的来信详述了他的患者如何死于恐惧。但是，和其他医生总体上谨慎和推测的语调不同，巴克的来信充满自信，甚至可以说喜好争论。他公开宣扬称，害怕致死与预感以及存在于时间之外的"潜意识的自我"（巴克将这个概念类比为弗洛伊德提出的"本我"）有关。巴克慷慨陈词，批评其他精神科医师和科学家对超感官知觉和其他主流医学以外的解释的态度不够开放。"目前出现了一种重要且耐人寻味的特征，那就是包括科学从业者在内的许多人，总体上对这个话题持有轻佻和不负责任的态度，"1965年9月18日，他在《英国医学杂志》上写道，"现在还不熟悉的事物，往往不被承认，继而不被接受，即使存在不容忽视的证据可证明。因此，数代人曾认为地球是平的，而反对此传统观点的人则受到无情的攻击。"

拉布拉多省的病例点燃了巴克的研究热情，促使他完成关于这个主题的著作《恐惧致死》，而这本书又使他来到艾伯凡。正是巴克在医学杂志上咄咄逼人的来信，在1965年引起了费尔利的注意。当时这位科学作家刚结束一场围绕太空的美国报道之行，他正在梳理《英国医学杂志》的过往期刊，寻找自己错过的新闻。"一位资质颇佳的医生涉猎这样的话题，是极不寻常的。"费尔利写道。巴克在一封信中写道，他想要知道算命师如何向他们的客户传达令人忧虑的预言。费尔利给当时在谢尔顿医院工作的巴克写信，说他可以安排一场占星师、千里眼和纸牌算命师与精神科医师的会面，如果巴克愿意整理成文并发表在《标准晚报》上。

1965年11月，他们在查令十字酒店的一间套房中碰面了，酒店离特拉法加广场不远，房间可以俯瞰火车站。费尔利邀请了《标准晚报》的占星师卡蒂娜·西奥多索欧、来自布里斯托的爱尔兰千里眼威廉·金、在切尔西做生意的水晶球算命师汤姆·科比特，还有一位学究气的克什米尔手相师米尔·巴希尔，1947年印巴分治后，巴希尔就来到英国，他直接去苏格兰场向警方提供服务。巴克和卢卡斯博士一同从什鲁斯伯里出发，后者是他在谢尔顿医院的同事，重度录音机使用者。费尔利安排了一顿包含帕尔马火腿和蜜瓜、菲力牛排和菠萝的惊喜晚餐，酒水充足。

  坐下就餐前，巴克把每位算命师依次请到卧室，单独采访他们。尽管巴克是一名经验丰富的研究者，但他对神秘学的研究有些掉以轻心了。他没有遵从规范的界限，也没有寻求任何形式的自我保护。这是一种怀疑论者的研究方法，然而他本人并不是一位怀疑论者。巴克为《恐惧致死》而做的研究，其中一部分是他询问十几名通灵者，请他们预言自己的死期和死因。只有一人完成了，不过巴克对其他几名算命师的话印象深刻。有四人发现，巴克因自己的"兴趣"（他认为是对超自然现象的研究）而和医学工作而产生分裂。有一人详细描述了他去谢尔顿医院工作前经历的崩溃与疾病。另有一人认为，巴克可能也有超自然天赋，巴克没有反驳这一点。伦敦的一位手相师告诉巴克，他手上也有通灵十字的记号。

  实际上，巴克在查令十字酒店的那一晚称得上唐突无礼。"我希望你尽可能回答简短，因为我们列了很多问题，"巴克一开始就对千里眼金说，"第一个问题是，你有没有预测过你的客户在未来某个时间会生病甚至死亡？"

  "我预测过疾病，"金仔细地回答，他当时六十九岁，还是个男孩时他就已经成了算命师，"我预测过一到两起死亡。"

  "只有一两起？"巴克说，他听起来不以为然。

  几分钟后，巴克问金，他是否认为其他人也可以开发出像他一样的力量。

"是的，如果上帝赐予他们这种力量。"金回答说，仿佛他已经被问过无数次。

"比方说，我可以开发出这种力量吗？"巴克问。

"你自己就是通灵者，"千里眼立刻回答，"但你对此一无所知。"之后他犹豫了，"我很抱歉这么说……"金没有说下去，以防巴克想暂停录音或改变话题。但是巴克催促他继续说。

"不，这挺有趣的。"巴克的声音更柔和了。

"你自己就是通灵者，"金重复道，"你不应该从事现在的工作。"

巴克嘟囔着表示同意。

"但是你可以把自己的工作做得非常好。"金说。

"谢谢你。"

"你受到尊敬，你在工作中被他人需要。"金继续说，这名千里眼把对话转移到算命师惯常的套路中。"我不关心你是否已婚，有没有6个孩子，我完全不关心，"他说，"你时常感到孤独，非常孤独。"

"是的。"巴克说。

"而且你不知道为什么，"金说，"这就是以太，这就是生命的外部复杂性。"

巴克试图让金继续说说自己的潜在力量。

"那么我可以开发出像你拥有的任何力量吗？"他再次问道。

"现在不行，"千里眼回答说，"太晚了。"

凌晨2点，聚会结束了。最后，费尔利把巴克拉到一边，为下周将在《标准晚报》上刊登的两篇特稿采访他。当时距艾伯凡灾难发生还有十一个月，但是巴克已经把人会恐惧致死的问题视为一个更宏大疑问的一部分：人们能否在某些事件发生前就预见到它？

当巴克试图解释预感时，他常常提到精神研究协会成员赫伯特·

索尔特马什1938年发表的专著《预知》。20世纪上半叶充斥着关于时间的新奇概念。尽管人们对量子物理学方面的突破理解得尚不透彻,但这些突破已经帮助打破了时间有序地从这一秒流动到下一秒的观念,并且巩固了那些更古老、更神秘的因果理论。索尔特马什曾是伦敦城的船舶代理,因为健康原因早早退休。在《预知》中,他检视了精神研究协会的档案中349件显而易见的预知事件,试图在其中找到一个完美的范例。"不用说,我还没有找到一例。"他写道。索尔特马什的专著将预感分为几类,并阐述了若干关于它们可能如何产生的理论。和费尔利谈话的那天晚上,巴克谈到我们有意识的时间观念(过去、现在和未来之间存在严格的分界)和我们无意识的、更有渗透感的时间体验之间的区别,此时他又引用了索尔特马什。"我个人认为,我们应该澄清有关时间的全部理念。"他说。

这些理念的不同版本相当普遍。巴克引用了"似是而非的时间"理念,它描述了我们的头脑如何收集某一时刻发生的不同事件,这个理念因19世纪末现代心理学的奠基人之一威廉·詹姆斯而广为人知。巴克向费尔利解释说,在他看来,我们有意识的头脑中囊括了一种似是而非的现在,即从当下这一刻往前拓展出几秒,而我们无意识的头脑中的现在,能更远地触及未来。"比方说,我正常的'似是而非的现在'从正午开始延伸到正午后一秒,这个现在存在于我的意识中,"巴克说,"那么我潜意识中'似是而非的现在'则从正午一直延伸到下午1点。所有在1点前发生的事对我的潜意识头脑来说都是现在发生的事,都可能是确定的事。"巴克想知道,如果你头脑的一部分已经瞥见了死亡,那么死亡来临时会是怎样的感觉。

预兆局并不是第一次捕捉英国公众所见幻象的尝试。1920年代末,飞行器设计师 J. W. 邓恩写过一本脍炙人口的书《时间实验》,这本书融合了邓恩自己的预知梦以及对相对论和量子物理学的讨论。1902 年,邓恩作为一名年轻士兵正身处第二次布尔战争,当时他梦见法国殖民小岛上的一座火山即将喷发,4000 人可能遇难。几周后,他紧握《每日电讯报》,发现他的梦境成了现实:报上说加勒比海海域的法属马提尼克岛上的培雷火山喷发,约 4 万人死亡。"我零分出局了。"邓恩反思道。

多年来,平凡或惊人的预感与邓恩如影随形。邓恩的反应十分冷静。"我想,没有人会从自己是个怪胎这一推测中获得多少乐趣。"他写道。第一次世界大战结束时,邓恩从量子力学的进展中得到抚慰,它表明关于时间的旧秩序正在崩塌:"这一切已在熔炉之中,"他写道,"现代科学把它推了进去,然后思考接下来该做什么。"

邓恩称自己关于时间如何运作的理论是序列主义,他的理论很难懂,不过《时间实验》依然有影响力,因为它鼓励成千上万的读者记录梦境日记,留心他们的预感是否成为现实。邓恩强调,我们不仅应该关注来自未来的平凡闪影,也要关心那些看起来重要的事物。他喜欢坐在俱乐部的图书馆里,挑选一本小说,扫视小说主人公的名字,然后快速记下脑海中闪过的想法和画面,最后核对这些想法和画面是否预测到了情节。有一次,邓恩选了一本 J. C. 斯耐思的书,斯耐思曾是板球选手,后来成了畅销书作者。他脑海中没有其他画面,除了一把在皮卡迪利酒店外纯黑、笔直的伞——伞柄垂直地支在人行道上。第二天,邓恩乘坐的公共汽车正在往这家酒店的方向驶去,他注意到路上的一个行人:

> 那是一位老妇人,穿着怪异,身穿黑色装束,头戴宽边软帽,俨然早期维多利亚时期的风格。她带着一把伞,伞柄延长自

预兆局　　087

伞架,又扁又平,有些粗糙……她把这把伞用作手杖(当然伞是合起来的),很有朝圣者的派头。但是,这把伞是**上下颠倒**的。她握着伞的金属头,**伞柄在人行道上**砰砰敲打,朝酒店方向去。

邓恩的书在英国大受欢迎,而 20 世纪物理学和心理学的发展促使欧洲其他地方也产生了对预知梦的兴趣。1933 年,柏林的一位犹太记者夏洛特·贝拉特开始秘密记录纳粹上台后德国人的梦境。希特勒当选总理的三天后,一位工厂主梦见自己痛苦挣扎了半个小时,才在约瑟夫·戈培尔到访时向他举手致敬。一名三十一岁的女性梦见邻里的所有路标被替换为 20 个词的海报,这 20 个词现在成了禁语。第一个词是"上帝",最后一个词是"我"。之后,这名女性又梦见一队警察把她从《魔笛》的演出现场拉走,因为一台思想阅读器("它是电器,布满了电线")显示,当剧中角色帕帕基诺和摩罗演唱时,她把希特勒和"魔鬼"这个词联系在一起。贝拉特收集了约 300 个梦。许多梦都涉及荒谬的官僚主义("本月第 17 条关于废除围墙的法令""一条禁止剩余资产阶级倾向的规定"),这些梦境预示着纳粹政权的极权倾向。一名犹太律师梦见自己为了抵达"地球上最后一个包容犹太人的国家"正在穿越拉普兰,但是微笑的边境官员把他的护照扔进雪里,一片安全的绿色之地近在咫尺。那是 1935 年。

贝拉特把她的笔记寄给朋友,或是藏在书里,战后这些笔记得以出版。在《第三帝国的梦》中,她写到这些"夜晚的日记"似乎"犹如地震仪,记录下政治事件对心灵最微弱的影响"。它们是原始的,未受后见之明的影响,因此很可能具有预示性。"因此,梦的意象或许有助于描述离噩梦仅一步之遥的现实结构。"贝拉特写道。

1940 年,英国面临被入侵的威胁,剧作家 J. B. 普里斯特利固定在周日晚间发表电台讲演,这个节目的名字叫"附言",当时三分之一的英国人收听他的节目。普里斯特利来自布拉德福德。他从鸟鸣的音调和海边一日游中都能感受到爱国情怀。他也是邓恩的追随者；普里斯特利自称"为时间所困的人"。1930年代早期，他去美国西部旅行。一天清早，他站在大峡谷南缘的栏杆边，眼前的景色被迷雾覆盖。突然，迷雾散去，色彩变得清晰，普里斯特利意识到，这栏杆、天空和峡谷正来自多年前他做过的一个生动的梦。（在那个梦中，他坐在剧院里，帷幕拉起，呈现出完全一样的景色。）普里斯特利的剧作，例如《时间与康韦斯一家》以及之后的《探长来访》，都反映出他对时间的秩序之关注。他在英语世界宣扬荣格的共时性理念，该理念提出，将事件联系起来的是意义而不是因果关系。

1963年3月，就在巴克抵达谢尔顿医院的数月前，普里斯特利在BBC的艺术节目《追踪器》上谈论时间。普里斯特利当时快七十岁了，受到举国爱戴。他认为，对时间流逝的严格的、唯物主义式的解读（我们生命中的每一秒冷酷地逝去，直到我们死亡），无异于智识上的资本主义消费不毛之地。"某个时间点并不重要，因为它只是迈向最终遗忘的一小步，"普里斯特利在第二年出版的《人与时间》中写道，"这一切只是一个白痴编造的传说。"

普里斯特利震惊于非西方文化在很早就接受了更复杂的时间概念。他提出三种同时存在的时间模型（现在、无意识的时间和集体无意识的时间），他的模型融合了荣格和通灵方面的理念，与巴克的观点不谋而合。普里斯特利认为，按照如今对时间的理解来生活，好比站在两头磨损的绳子上维持平衡：科学家明白，因为相对论，所以时间在行星体系中难以预测，因为量子力学，所以时间在亚原子体系中也是捉摸不定的。那么，为什么在人的一生中，时间就应该稳定地向前奔涌不息呢？普里斯特利描述称这是一个"被人类最糟糕的时间理念统治的世界"。

《人与时间》既是忏悔，也是宣言。普里斯特利恳求全社会走下"通往虚无的无情传送带"。1963 年，采访者休·韦尔登在普里斯特利的 BBC 广播节目中，邀请听众寄来他们关于时间的异常体验。普里斯特利收到了大约 1500 封信，其中大约三分之一的寄信人似乎是邓恩的追随者。

巴克希望预兆局不只是一个收集奇闻轶事的地方。艾伯凡的例子使他确信，没有必要再去证明预感是否存在。1967 年 1 月，这场实验开始两周后，巴克为《医学新闻》写的文章宣称，超心理学期刊如今已经记录了超过 1 万起事件。"我们应该以防止更多灾难为目的，着手控制和利用这一切。"他写道。

如同纳粹德国的贝拉特，巴克使用地震学的语言来描述精神过程，这种过程在集体潜意识的深处运行。他希望有一种足够敏锐的仪器，能捕捉通过其他手段无法检测到的暗示。他设想中的完全成熟的预兆局，是"一个中央信息交换中心，如果公众有预感体验，尤其是那些与未来灾难有关的预感，他们可以随时写信或打电话给这里"。假以时日，预兆局将成为全国的梦境与幻象（巴克称其为"大规模预感"）信息银行，它能根据收到的幻象发布警示：

> 理想状态下，这套系统需要和一台电脑相连，电脑帮助排除琐碎的、误导性的或错误的信息……通过实际操作，这套系统应该可以侦测出模式与高峰，甚至可能推演出灾难的本质，以及可能的时间、日期和地点，如此一来，官方就能**提前预警**。

"可能有许多错误的警报，尤其是在早期，因为操作者尚无经验。"巴克承认。他意识到,预兆局也面临着《圣经·旧约》中约拿曾有过的困惑。上帝让约拿预告尼尼微的灾难。但是约拿的推断是,如果尼尼微的人民相信他的警告后回屋,上帝就会原谅他们,尼尼微最终不会被毁灭。那么约拿的预言就会是错的,他会显得可笑。约拿迷惑且羞愧,他逃走了,最后竟被一条大鱼吞入肚中。

如果灾祸得以避免,那么它如何触发发生前的幻象呢?"理论上来说,如果没有灾难发生,就不会有预感。"巴克承认。但是,这值得尝试。过去有许多事例表明,预感本可以阻止某一灾难发生。"即便就我们所见,这种方法只防止了一次重大灾难,"那一年晚些时候,巴克在给英国精神研究协会写的文章中提道,"这个项目就有了更多存在的理由,或者说可以一直存在下去。"

1967年春天,预兆局获得了第一次好运。3月21日早晨6点,巴恩菲尔德,餐厅里的电话响了。巴克下楼接电话,是邮局的电话交换机接线员艾伦·亨彻打来的,他和米德尔顿小姐一样,都是艾伯凡灾难的预言者,宣称在灾难发生前感受到身体上的知觉。

"我之前希望不必给你打电话,"亨彻说,"但是现在我觉得必须打了。"

亨彻刚下夜班,他打电话来是为了预测一次飞机坠毁事件。巴克在印有"谢尔顿医院"抬头的信纸上做了笔记。亨彻情绪低落,他在幻象中看见,一架法产拉维尔客机在起飞后不久即出现故障。"它正在飞越山区,即将播报它遭遇故障,然后线路切断了——什么都没了。"亨彻说大约有123人或124人在飞机上(巴克匆匆记下"大约124人?"),只有一人活下来,且"情况很糟"。亨彻无法确定坠毁发生的地点,不过他在过去两三天里都有这种预感,就好像机舱里的人试图和他交流、和解。"我和你说话这会儿，我看到了基督的幻象。"亨彻告诉巴克。他看见一对雕像被明暗相间的光指引到坠毁现场。巴克的笔记一路记到页面底部，写满纸面的角落。在第二页信纸上，他写下自己之后回电亨彻，希望得到更多细节，但这就是全部了。

周二早晨，黎明前的一小时。巴克早已心绪不宁。前一天，他受邀前往伯明翰参加地区健康理事会会议，谢尔顿医院的院长利特尔约翰博士训斥了巴克，因为他的工作引起了公众的注意。去年 12 月，巴克宣称用电休克疗法治好了 X 先生的不忠，这唤起了英国媒体小报的丰富联想。一家周日报纸《人物》设法弄清了巴克的患者及其妻子的身份（他们是住在什鲁斯伯里的坎德林先生和坎德林太太），还支付给当事人 1000 英镑让他们分享自己的故事。巴克一开始拒绝协助这家报纸，之后记者来他家拜访，地区健康理事会也建议他接受采访，他才改了主意。但是，关于巴克治疗方法的耸人听闻之描述连续三周出现在《人物》上，且在 3 月初成了 ITV 新闻的特别报道，利特尔约翰对此大为恼火。"字面意义上的气得脸都白了。"巴克回忆说。他担心这位院长会解雇自己。

在伯明翰开会期间，巴克被赦免了所有不当行为。不过，他抓住机会提前告知利特尔约翰和 NHS 地方理事会，自己正在进行其他研究项目。这位精神科医师第一次告诉上级《恐惧致死》（巴克近期刚把手稿寄给出版商）和预兆局的存在。

"利特尔约翰什么都没说。"几天后，巴克向一位医疗辩护律师寻求建议，他在给这位律师的备忘录中写道。曾赞同厌恶疗法的 NHS 官员此时也变得警惕起来。巴克被告知，他必须匿名出版这本著作，而且他的名字不能和预兆局有任何联系，否则将有失去工作的风险。

"我该怎么办？我要踏进这个圈套吗？"巴克问这名律师。他发现

Shelton Hospital,
Shrewsbury.

Mr Alan Hencher   6.0 am   21st March 1967

Aircraft Caravelle over mountain...

对艾伦·亨彻的飞机失事预测笔记，1962年3月21日

自己正处于两难境地,一边是自己跨越传统边界的精神病学研究,另一边是谢尔顿医院令人窒息的条条框框。1963 年,利特尔约翰要求巴克和伊诺克在发表研究论文和期刊通讯前,先提交给自己看。两名年轻医生拒绝了。"利特尔约翰博士不高兴,说他成了不相干的人。"巴克记录道。他认为,这位老先生是在嫉妒。

巴克不确定自己会不会修改书稿,或者让费尔利停止收集预感(即便费尔利还想接着干)。他向律师描述自己的研究时强调其庄严宏大。他只讲述了促使他继续研究的重大事件,而非他在业余时间进行的神秘研究计划。"我是那类对工作有兴趣且取得了一些成就的人。"他写道。据巴克所言,他的出版商已经把《恐惧致死》列为他们 1968 年的"重点"书之一。"图书宣传会很盛大。"他写道。巴克称他对艾伯凡灾难的研究是"必要素材,可能是现有对预感的最大规模研究"。同时,预兆局完全是他的主意,而且也是艾伯凡研究的"必然产物"。每天,预兆局都会收到电话和信件。"人们随时都可能预报重大灾难。"巴克这样写。他不确定利特尔约翰和医院理事会究竟有多大权力。伯明翰的会议持续了一个小时。会后,巴克写道:"我筋疲力尽,几乎要崩溃了。"他想起了自己从多塞特离开的痛苦回忆。

被亨彻的电话吵醒后,巴克就把他的预言发给了《标准晚报》。接下来数周里,巴克完全没有费心去限制自己从事业余研究,或者停止吸引关注。4 月 11 日,他和费尔利出现在 BBC 广播 2 台的聊天节目《深夜排队》,向公众宣传预兆局。九天后,一架载有 130 人的不列颠尼亚型螺旋涡轮引擎客机,试图在雷暴中降落在塞浦路斯首都尼克西亚。这架飞机隶属于环球航空公司,这是一家新成立的瑞士廉价包机公司,当时飞机正从曼谷飞往巴塞尔,机上乘客多是瑞士和德国度假者。飞机在印度重新加满油,向倒数第二站开罗飞去,飞行员被告知因为大雨,开罗的机场已关闭。飞行计划建议的备选目的地是贝鲁特,但是机长、英国飞行员迈克尔·马勒临时决定降落在塞浦路斯,尽管当地的天气很糟糕。

当飞机抵达这座小岛,它已经在空中飞了近十小时。马勒和副驾驶比地面管制设定的时限晚了近三小时。晚上 11 点 10 分,从飞机上能清晰看见尼克西亚的地面,但是飞机的高度稍微有点高。马勒请求让飞机绕行机场一圈,再尝试降落。机场塔台瞥见飞机的着陆灯在低云中闪烁,之后它向南滑行,一侧机翼因撞击山丘而折断——距离山顶 6 米多——机身翻滚,碎成几段,随后燃起熊熊大火。

第二天早晨,《标准晚报》头版报道的标题是:"124 人在客机中死亡"。(最终的死亡人数是 126 人,在最初的撞击中生还的两人被送往附近的联合国战地医院,但他们还是去世了。)当时,尼克西亚坠机事故是历史上第六大航空事故。费尔利和巴克立刻注意到这次事故与亨彻的预言之间的相似性。那天,《标准晚报》在新闻报道旁刊载了亨彻的预感,标题是"梦见灾难的男人不可思议的故事"。配图是时任塞浦路斯总统、希腊人马卡里奥斯三世检视残骸的照片。

亨彻是一个四十四岁的憔悴男子,和父母住在埃塞克斯郡达格纳姆的公营房屋里。战前,这户人家搬离了伦敦东区。艾伦的父亲珀西担任当地政府的办事员。他的母亲罗西娜留在家照顾三个儿子。大儿子埃里克在缅甸的海军陆战突击旅服役,小儿子肯曾是职业足球运动员,1950 年代效力于米尔沃尔足球俱乐部,之后退役成为关税和国产税官员。艾伦是个不合群的孩子,他以前是一名验光师学徒。亨彻一家喜欢喝酒,艾伦却更爱阅读。他彬彬有礼,但为人严肃,自豪于自己的历史书收藏。1949 年,二十六岁的他因车祸而头部受伤,昏迷了四天。不久,他就获得了预感能力。"他和其他人不同,"他的侄

预兆局

女琳内回忆道,"他对什么事情都很认真。"

飞机坠毁那天,费尔利试图从报社给亨彻打电话,但是电话一直没接通。巴克本来约定在第二天与亨彻谈话。凌晨1点不到,巴恩菲尔德餐厅里的电话又响了。巴克下楼,来电者是谢尔顿医院的夜班交换机接线员。亨彻给医院打电话,希望能联系上巴克。他听起来焦躁不安,接线员就想为他转接巴克的电话。

亨彻的电话接通了,他说自己现在担心巴克的安全。他一整天都在担心巴克,担心发生什么意外。当亨彻想起巴克,他的脑海中出现一片黑色。他敦促这位精神科医师检查自家的煤气供给。但是巴恩菲尔德不供应煤气。

"你有深色的车吗?"亨彻问。

巴克的福特"西风"是深绿色。

"要非常小心,"亨彻警告道,"照顾好自己。"

巴克问亨彻,他的意思是自己有生命危险吗?

"是的。"这位预言者回答。

第三章

第二天上午 10 点,巴克在谢尔顿医院的办公室里口授了四页备忘录,他称备忘录内容是"一些有趣的预言与一项可能的死刑"。在这份文件中,巴克概述了亨彻的疾病既往史,以及他关于艾伯凡灾难和近期的飞机坠毁事件显然应验的预感。然后,这位精神科医师重述了亨彻在夜晚打来的电话,以及他自己对关乎命运的警告有何反应:

我对此自然有些惊恐。听完后我有点难以入眠,当然我决定在开车时多加小心。要说我对这类预测不感到害怕,那是违心的。我现在开始写日记,每天记录我对这件事的反应。我猜任何轻率对待这类预感的人,或多或少都在冒险,他必须接受自己的命运。不过,重要的是这个信息要被记录下来,如此一来,如果有事发生,就能引起他人的兴趣,促使其他人继续从事这一重要研究。当然,这个预测也可能和其他预测一样,不会完全应验。如果亨彻先生完成了"通灵帽子戏法",这确实是一件了不起和令人惊奇的事情。最近我刚完成了一本关于"恐惧致死"者的书,或许我也开始有这种感觉了。

我在剑桥大学图书馆保存的精神研究协会档案中,发现了巴克的备忘录和一些信件，它们装在一个标有"3a 预感"的棕色信封里。信封里的那些信件全都写于 1967 年春天，揭示出巴克对神秘学的复杂态度。他时而斩钉截铁地轻信，时而纠结地表示怀疑。他对买下谢尔顿医院附近的一间房子很感兴趣——那里原来是一个为旧跑马场服务的酒吧——部分原因是这间房子闹鬼。这间酒吧名叫"松鼠"，据说一个叫乔的鬼魂经常在楼上走动。

"就个人而言，出于科学研究的目的而买下这间房子，是个吸引人的主意，"4 月，巴克写信给精神研究协会前主席盖伊·兰伯特，"但我不知道我的妻子和孩子是否也觉得这是很吸引人的。"此时，简已怀孕八个月。兰伯特在回信中指出"松鼠"酒吧的奇怪声响和异动可能是自然原因造成的，这位精神科医师回复说："我不是'热衷'超感官知觉。但我一直认为纯粹的物理学观点过于局限，无法解释所有事情。"

但是两周后，由于亨彻对塞浦路斯坠机事件拥有显而易见的预感，而且巴克因关乎他个人的警告变得心烦意乱，巴克的语气听起来更像是在黑暗中摸到了未见物体表面的人。"仔细看看亨彻先生关于我的预感，感谢上帝它还没成真，"5 月 8 日，他写信给兰伯特，此前他和对方分享了"死刑"备忘录，"我不知道我们是不是快要接近重要的成果了。我个人还存有怀疑，但是当一个人处于这样的阴谋中，他无法预料接下来会发生什么。"

"3a 预感"信封里还有一封米德尔顿小姐的信。预兆局启动时，巴克曾给约 100 名潜在的知觉者分发预感邀请，其中包括在艾伯凡实验中联系过他的人。米德尔顿小姐这封 1967 年 5 月的来信被巴克标记为"预测反应堆"，这个标签意味着她属于最让巴克感兴趣的那类人。当时，米德尔顿小姐已经和预兆局有过几次联系。3月中旬，她梦见去世的父亲坐在自己的起居室里，在接一个有关海难的电话。她把这事告知巴克。几天后，"托里峡谷号"油轮在开往威尔士途中，于锡利群岛与康沃尔郡之间的海域搁浅，造成当时英国最严重的原油泄漏事故。4月10日，米德尔顿小姐又给巴克写信，警告说美国西海岸将有龙卷风或飓风。十一天后，超过40场龙卷风袭击了美国中西部的五个州，其中一场在芝加哥郊区奥克朗造成33人遇难。巴克向米德尔顿小姐表示祝贺。"这肯定算得上应验的预言。"这位精神科医师写道，尽管造成实际危害的地点距离美国西海岸近3200公里。

据费尔利回忆，此后他就反对以任何形式同写信给预兆局预感的人建立联系。巴克没有这样的良心负担。他哄骗、鼓励甚至引诱他们。十年前，他与孟乔森综合征患者莫里斯的交集令人不安，现在这位精神科医师又开始关注和信任这些男女，他们的幻觉此前从未被严肃对待。巴克的智识渴望和他们想得到信任的愿望互相融合，他没有想过后果如何，或者在某种程度上，他想要引发最终后果，无论它们可能具有多大的破坏性。

巴克反复要求亨彻给出更多坠机预感的细节，但亨彻抱怨说，这项研究"对他的头脑产生了副作用"。巴克劝慰亨彻，鼓励他坚持下去。他恭维米德尔顿小姐，后者很高兴能与这样一位杰出的医生通信。"我衷心祝愿这次实验成功。"她写道。

亨彻预言巴克将死，这位精神科医师既没有无视或淡化他的暗示，也没有停止手头正在进行的事，而是把这当作进一步研究的素材。他给米德尔顿小姐寄去"死刑"备忘录的副本，询问她是否也有此担心。"关于你的个人安全，大概就在亨彻先生提醒你的时候，我也有一些忧虑，"她回信说，"我当时想你的工作那么重要，必须有人为你的健康祈祷。"

1967 年 4 月 23 日，米德尔顿小姐寄来了一位宇航员飞往月球的幻觉。"这次冒险会以悲剧告终。"她写道。她看见这名宇航员"十分害怕，被吓呆了，惊恐不已"。米德尔顿小姐随信附上关于自己预感的画作（她有时会那么做），画上一名宇航员蜷缩在一个粗糙的球形飞行器中。

周日下午 5 点 30 分，她在埃德蒙顿寄出信息。大约在同一时刻，四十岁的苏联宇航员弗拉基米尔·米哈伊洛维奇·科马罗夫在联盟 1 号宇宙飞船的生活舱里打盹，这是他第 12 次绕地球飞行。那天黎明前不久，科马罗夫的飞船在哈萨克斯坦的拜科努尔航天发射场点火升空。这是苏联两年多来的首次载人太空任务。苏联通讯社塔斯社已经刊载了相关新闻；瑞典国际广播电台当天早晨 7 点就播送了这则信息，因此米德尔顿小姐可能知道有宇航员去往太空。不过，其他细节就不得而知了。

联盟 1 号的飞行任务在技术上危险重重，是在极大的政治压力下推进的。当时的设想是，第二天会有第二艘联盟号宇宙飞船进入轨道与科马罗夫的飞船对接，另两名宇航员将从一艘飞船进到另一艘，两个船舱同时返回地球。此前人类从未有过这样的尝试。这样做的目的是让美国人惊讶与不安，现在人们认为美国在载人航天方面已经超越了苏联。但是苏联的准备工作不尽如人意。飞行前的三次自动模拟都失败了；三艘原型飞船在此过程中皆被损坏。4 月 14 日，发射前九天，工程师发现联盟 1 号和联盟 2 号出现了 101 处错误。一年前，苏联的护身符、首席火箭工程师谢尔盖·科罗廖夫去世，一种不安情绪逐渐蔓延。"人们没有信心。"负责宇航员训练项目的中将尼古拉·卡马宁在日记中写道。但是，太空任务并没有停止。该任务被安排在苏联每年的胜利日庆祝活动前。飞船升空前，科马罗夫将这次飞行献给十月革命五十周年纪念。

任务开始后十八分钟，科马罗夫的麻烦出现了。一块为飞船内部提供能源的太阳能电池板没有展开。遥感监测系统部分失灵，而太阳传感器也变得模糊不清，它原本应该帮助联盟1号在重返地球的危险旅程中定位。燃油压力下降，船舱内温度变低。飞行六个半小时后，人们很清楚联盟1号与联盟2号的历史性对接无法进行。任务目标只能删减，苏联放弃了联盟2号发射计划。科马罗夫得到的指示是在船舱内休整，准备返回地球。他即将迎来第17次绕地球飞行。科马罗夫是一位经验丰富的杰出飞行员。这是他第二次进入太空。他的父亲曾是一名门卫。即便这次任务已经严重脱离预定计划，他对此也没有任何表露。"我感觉很好，"他说，"心情极佳。"

科马罗夫是苏联航天计划中最年长的宇航员。他和尤里·加加林

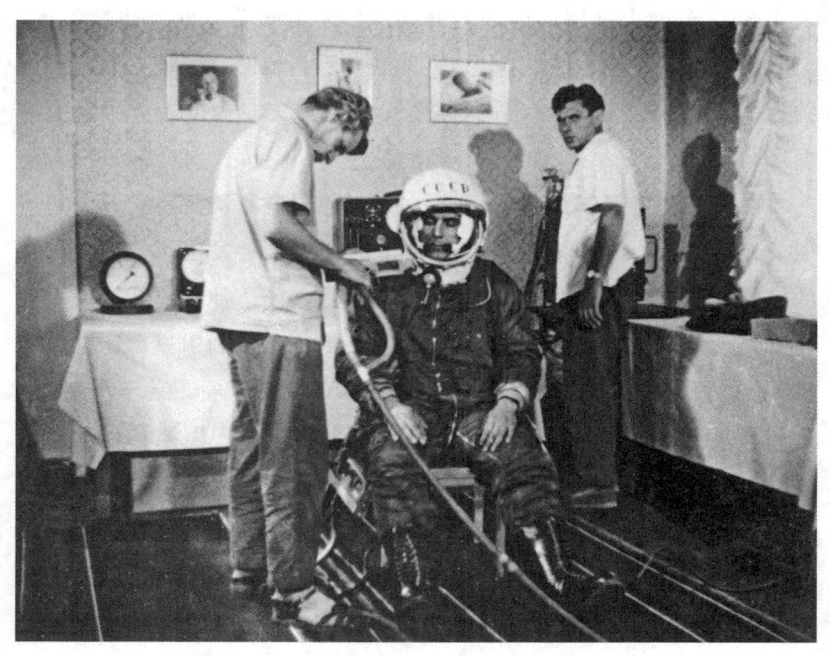

训练中的弗拉基米尔·科马罗夫，1962年

关系亲近。联盟 1 号的舱口封闭时，加加林就在现场。在剩下的飞行时间里，科马罗夫努力靠手和眼驾驶飞船，朝着家的方向有限地调整下降角度，他从地球的暗面转向明面，周围的仪器逐渐失灵，在这个过程中加加林是主要与他对话的人。加加林说"衷心祝愿你平稳、安全降落"，科马罗夫回答："谢谢你的祝福。没有多少时间了，我很快会见到你。"

在他前两次的重返尝试中，飞船的引擎熄火了，整个飞船再次退回轨道。他第三次尝试时，联盟 1 号的电池快耗尽了，他几乎依靠自己对群星和身下的星球之间位置的计算在飞行，科马罗夫做到了。"感谢所有人。"他说。他移到船舱中间的位置，准备降落。他松了一口气。但是，飞船的降落伞也失灵了。联盟 1 号向下坠落，最终在早上 6 点 24 分撞上俄罗斯南部的开阔地，距离哈萨克斯坦边界不远。飞船残骸起火，科马罗夫被烧成了一块砖。当他的遗骸被寻回，体积约为 2400 立方厘米。为了扑灭联盟 1 号的火灾，救援人员用尘土掩埋残骸。

在接下来的几个小时里，苏联的高阶官员并不清楚科马罗夫的遭遇。只有只言片语的信息。飞船在穿越大气层时发出了"紧急-2"的信号。事故现场的救援人员了解真相后，关闭了他们的无线电。科马罗夫的妻子瓦莲京娜与两个年幼的孩子叶夫根尼和伊里娜还在莫斯科等待。那是多云的一天。瓦莲京娜只知道飞船升空二十五分钟后，科马罗夫已身处太空。"我丈夫出差时从不会告诉我。"她和记者们开玩笑。

莫斯科的乌云降下雨水。屋子里的电话突然不响了。怀疑时，我们寻找迹象，我们发现征兆，我们自由推测。另一名宇航员的妻子不请自来，她与瓦莲京娜坐在一起。伊里娜注意到，她的母亲此时开始颤抖。一辆伏尔加牌豪华汽车在屋子外停下，一名将军朝大门走来。

事故调查发现，联盟1号的降落伞存在设计缺陷。它们本来就无法正常使用。科马罗夫不是因为在任务中遇到的困难而死的。他以非凡的坚忍与冷静——克服了困难，却被注定出错的事物杀死了。他永远不能返回地球了。令人意想不到的是，科马罗夫的火箭无法点火，这一毫不相关的问题却救了另外三名宇航员的命，他们本应在第二天与科马罗夫在预定轨道会合，联盟2号的降落伞也有相同的设计缺陷。如果飞船进入太空，这些降落伞也会失灵。科马罗夫是第一位在航天飞行中死亡的人。他的骨灰被埋葬在克里姆林宫的外墙中。

巴克因米德尔顿小姐的预感而热血沸腾。"你完全正确，"他写道，"干得好！"

1690年代，一位名叫马丁·马丁的年轻家庭教师，被派往苏格兰西部岛屿绘制地图，并记录当地人的生活。马丁的盖尔语名字是马丁·麦克吉尔马丁，他在斯凯岛北端的农场长大。他的研究著作于1703年出版，马丁在其中用35页篇幅描述预见能力。岛民们看见远离家乡的朋友从马上摔下。幻影婚礼队伍在田野间行进。孩子们看见餐具柜上陈列着尸体，或是死去的亲属和自己一同行走。弗洛德格里的一个男人晚餐吃到一半，看见盘子边上出现了一具实实在在的死尸，吓得手里的刀都掉了。有好几次，别人在距马丁实际所在地约160公里外看见了他。骑着马的村民们能看见一群骑马人或葬礼队伍正在穿越山丘，但是他们所见的时间比实际发生的时间早了一天或一周。

盖尔语中描述这种现象的词是"先见之明"（an da shealladh）。面对世界，既有空想，也有洞察。先见之明也有模式。火星落在你的手臂上，意味着你将怀抱一个死去的孩子。出现在男人左侧的女人将成为他的妻子。如果一张椅子上坐着人,但看起来却是空的,那么这个人很快就要告别世界。如果你在无人的贫瘠土地上听到声音或看到树木,那么这里很快会建起房子或果园。

其他幻觉则有十分特定的含义。刘易斯岛上有一个男人被自己的分身困扰,当他在田地里劳作时,他的分身总是激动地长篇大论,但是回到家,分身就变得安静又礼貌。这个男人对此感到疲倦,他朝幻觉扔了一块煤。这个幽灵的反应是把他痛打一顿。牧师应邀而来,教堂会众围绕在这个男人周围祈祷,但这些都没有用。一个来自诺克奥的男孩总是看见自己的肩膀上有一具棺材,直到他自愿成为丧葬者,这种预感才消失。斯凯岛上一个女人总是看到一个穿着与自己相同的人像幻觉,但是这个人永远背对着自己,她感到好奇难耐。马丁写道:"这个女人试着做一个实验来满足自己的好奇心。"她把自己的衣服反穿,哄骗这个幽灵转过身来。"结果不出所料,"马丁解释说,"这个幻象很快露出了自己的脸和衣服,它看着她,两人看起来完全一样,不久女人就去世了。"

马丁预测到读者会心存怀疑。他坚持说:"预见能力不是犄角旮旯或遥远岛屿上的一两个人刚刚发现的事物。"男人和女人都有此类经历,它不是遗传现象,也不是醉酒后才出现的。人们并不是特别享受预见能力。马丁把看见未来的能力比作会传染的呵欠或磁力——当时的科学家还不能很好地解释这种可观察的现象。"如果我们对自然原因都知之甚少,那么我们对超自然原因又能假装知道多少呢?"他问道。苏格兰人并不相信每个预兆都会成真。"但是当它之后真的发生了,只有粗暴地扭曲他们的感官和理性,他们才能否认(预兆的事实)。"他写道。大多数人认为,预感是神秘的时间机制的一部分。其他人试图规避预感,但这和不相信预感又是两回事。马丁认识一个住在刘易斯岛上名叫约翰·莫里森的男人,他把草药缝入外套衣领,以避开幻觉。

整个 18 世纪，《苏格兰西部岛屿记录》一直在售。本书是塞缪尔·约翰逊七十年后探索赫布里底群岛的主要资料，也是他研究先见之明的重要文献。"我们不能说这种接受能力是一种权力，因为它既非自愿，也不持续，"约翰逊指出，"看起来这种能力不取决于选择：它们无法被召唤、抑制或回忆，这种印象突然而来，其后果往往令人痛苦。"和马丁一样，约翰逊发现预言者从他们的能力中无法获得任何好处或乐趣。"这是一种非自愿的影响。"他写道。约翰逊和马丁一样报告说先见之明没有以前那么普遍了。预言几乎在减少。

英国皇家学会委任马丁进行西部岛屿研究，学会成立于 1660 年，旨在传播关于世界的确凿知识。学会的座右铭是"不随他人之言"（Nullius in verba）。对于西部岛民的预见能力，马丁确实有一个客观观察：当岛民们住在赫布里底群岛，预见似乎是一种社会现象，但他们搬离这里，未来似乎不再对他们显现了：

> 四个来自斯凯岛和哈里斯岛的男人去了巴巴多斯，在那里待了十四年；他们在祖国已经习惯了预见，但在巴巴多斯并没有见过；但是当他们一回到英格兰，他们抵达的第一晚就感受到预见。熟悉他们的几个人就是这样告诉我的。

我们看待世界的方式与我们的社群一样。我们会被彼此对事物的规制和计划所吸引。20 世纪，神经科学家观察到我们的某些先验是如何被我们眼中的地点与环境所塑造的。1947 年，哈佛大学的心理学家发现，相比来自波士顿更富裕地区的十岁孩子，来自该市贫穷街区的十岁孩子更容易把硬币的尺寸想象得更大。深海渔夫比那些靠近

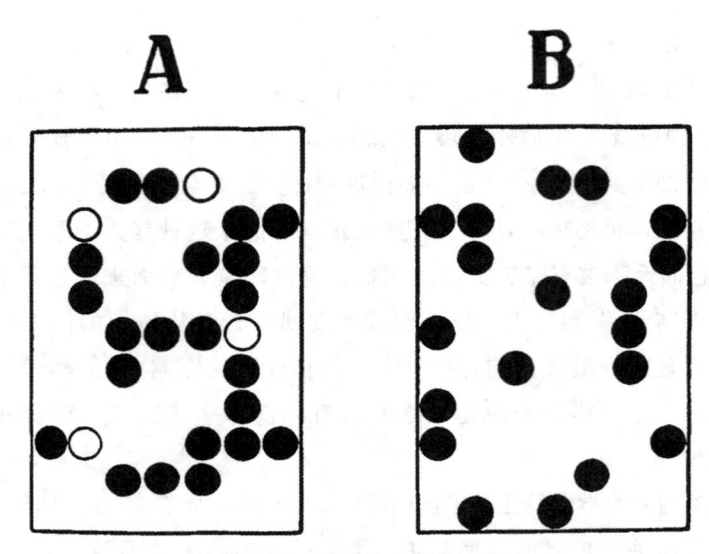

情绪应激对视觉模式识别的影响

海岸捕鱼的渔夫熟知更多的迷信仪式。

1967年，伊万·巴甫洛夫的波兰学生耶日·科诺尔斯基描述过一种名为"知觉渴望"的倾向，即我们偏好感知不存在的事物，当我们越来越无法控制发生在自己身上的事情，这种倾向就会越发强烈。1970年代，莫斯科的高水平神经活动和神经心理学研究所的研究人员向处于不同跳伞阶段的五名男子展示了若干幻灯片。其中一些幻灯片包含嵌在杂乱图案中的数字，另一些则是纯粹的噪声数据（随机的黑点）。当这些跳伞者的飞机起飞时，他们发现隐含数字的能力最强，此时他们既兴奋又警惕。但是，随着跳伞者的压力不断增大，他们的认知能力开始出错，犯错的次数变多了。当他们即将从飞机里往下跳时，他们最有可能看见不存在的事物。赫布里底群岛上的生活很艰苦。死亡常常袭来，且毫无征兆。试图在不存在逻辑或因果关系的地方寻找它们，是对生存恐惧的一种补偿。随着时间流逝和外迁，人们失去了先见之明，这可能意味着现实变得越发可以忍受了。无须先见，即可看见未来。

1967年夏天，一名男子在位于法恩伯勒的皇家航空研究院的机库中工作了数周，该研究院是英国最好的航空研究机构，位于伦敦的西南侧。他耐心地工作，但肩上的压力不小，他正在努力把散架的客机碎片拼起来。这名来自英国航空事故调查局的调查员名叫理查德·克拉克。大多数时候他独自一人工作。他身材修长，有着鹰钩鼻，整个人颇有学者气质。他身穿西装，打着领带，仔细分辨脱落的机翼、烧毁的机身和损坏的座舱里碎裂严重的挡风玻璃。

这架支离破碎的飞机是英国米德兰航空公司的"探险者"C4飞机，之前广为人知的名字是"高尔夫酒店"，现在它安放在金属支架上，由细金属柱固定。日光从机库屋顶的透明部分照射下来。在克拉克的机架重建现场周围的桌子上，摆满了断掉的电线、安全带、灯具、长柄状物体、一堆堆螺栓以及他还没来得及放归原处的金属碎片。机库外，英国航空公司坠机事故后的十几架飞机残骸就露天放置着，无论它们堆了多久。

6月某个周日早晨，10点刚过不久，"高尔夫酒店"坠落在曼彻斯特机场几公里外的斯托克波特小镇。这架飞机载着从马略卡岛帕尔马回来的度假者。在飞机预定落地的前几分钟，它不知为何突然失去了动力。在二十秒内，四个引擎中的两个都失灵了。机长哈里·马洛报告说"遇到了一点小问题"，提议掉头绕机场一圈。但是飞机继续减速并下降。它落到了云层以下。曼彻斯特郊区的人们在这个蒙蒙细雨的早晨抬头，看见机内乘客向他们挥手。飞机跑道不足10公里，此时"高尔夫酒店"离地面只有61米。飞机撞上一块名为霍普斯卡尔的工业荒地，这里是斯托克波特为数不多人烟稀少的地方。72 人死亡。马洛是 12 名幸存者之一。从座舱中被救出时，他头部受伤，下颚骨折。这名机长对飞行的最后几分钟全无记忆，但是他在医院里一直问："是哪个引擎？"

调查员努力在机长周围的碎片中寻找迹象。情况紧急。"探险者"C4 是"道格拉斯"DC4 的加拿大型号，目前正在全球服役。另有约 1000 架客机共用"高尔夫酒店"的零部件，包括其燃油系统。在一架飞机上出错的零部件，在另一架飞机上也可能失灵。克拉克把受损的电线拉出来，检测了飞机的电池部件。他发现这些零部件"完全没动静"。飞机上某个部分的电线接错了，而电线另一头也必然接错，问题被抵消了。飞机残骸现场有不少异常情况和不相干的线索，以及遮蔽了有意义的事实的信息噪声。哪一部分才是重要的？能揭示坠机经过的关键残片是哪一块呢？克拉克注意到，飞机的方向舵调整片被设为 12 度，这说明飞行员为了保持飞机高度过分牵拉方向舵。他的结论是，坠机后飞机着火，右舷的火势更猛烈，意味着右舷引擎可能有更多燃料。

克拉克没能破解谜题。那年秋天，两名英国米德兰航空公司的飞行员突然获得灵感："探险者"座舱内的控制杆能够控制燃油从一个引擎流向另一个引擎，他们发现控制杆实际上部分打开时，看起来却像是关闭的。在事故前，航空公司的机组成员认为在飞行时，引擎间偶尔传递燃油是不可能发生的。那年冬天启动了对斯托克波特坠机事件的公开调查，调查发现事故发生五天前，"高尔夫酒店"抵达马略卡时，其中一个引擎只剩下几加仑燃油，之后因为失误，这个引擎的燃油被彻底耗尽。飞行员认为燃油计量不准确，拒绝接受，而且没有向任何人提过这个问题。调查结论是，飞机返回曼彻斯特途中，它的四号引擎已经没有燃油了。然后，三号引擎也停止了运作，部分原因可能是马洛机长关错了引擎（"是哪个引擎？"），当他意识到这点，已经没时间重新发动了。

据地面上的目击者描述，当时马洛完全关闭了飞机的动力，准备在"手帕大小"的倾斜荒地降落，这里确是飞机最终坠机的地方。"高尔夫酒店"堪堪避开斯托克波特的医院，之后坠落在距离警局、地方议会和一栋公寓楼几百米外的地方。飞机击中了一个变电站和一个停满车的三层停车场。地面上无人受伤。机身严重断裂，救世军等来到现场的急救者发现他们面对的是众多死去和受伤的乘客，有些人从座位上被拉扯出来，其他人还被束缚在座位上。机上有很多刚组建的家庭，玩具散落一地。熊熊大火燃烧。抬走死伤者大约花了一个半小时。整个白天，据估计有1万人在事故现场围观或搬运残骸。灾难现场照片显示，"探险者"尾翼上饰有代表"英国米德兰航空"的BM字样，此刻它倚在栏杆上颤颤巍巍地摇摆。

5月1日，坠机发生前三十四天，亨彻打电话给巴克警示又一起空难。这位预言者不确定自己是否还在受塞浦路斯预感的影响，但是在他看来，这次的幻觉很不一样。"这架飞机的尾翼很宽。"他说。亨彻表示，事故会发生在三周内，但他不知道具体会发生在哪里。60多人会死亡。"有些人能奇迹生还，会有一些幸存者——但我不知道具体人数。我能感觉到这起事故激发的许多情感，我觉得很悲伤。"他说。

巴克问亨彻潜在的受害者会是谁。"我感觉到，那里会有很多孩子。"亨彻回复。

晚上9点，巴克记录下电话内容。他把亨彻的消息写在信里，第二天晚上寄给费尔利。距离塞浦路斯空难以及亨彻警告巴克注意安全仅过去了十天。当时已经很晚了，这名精神科医师的文字让人喘不过气来。他收到的消息那么重要，又那么令人难以置信，他对此感到头

FIG. 12

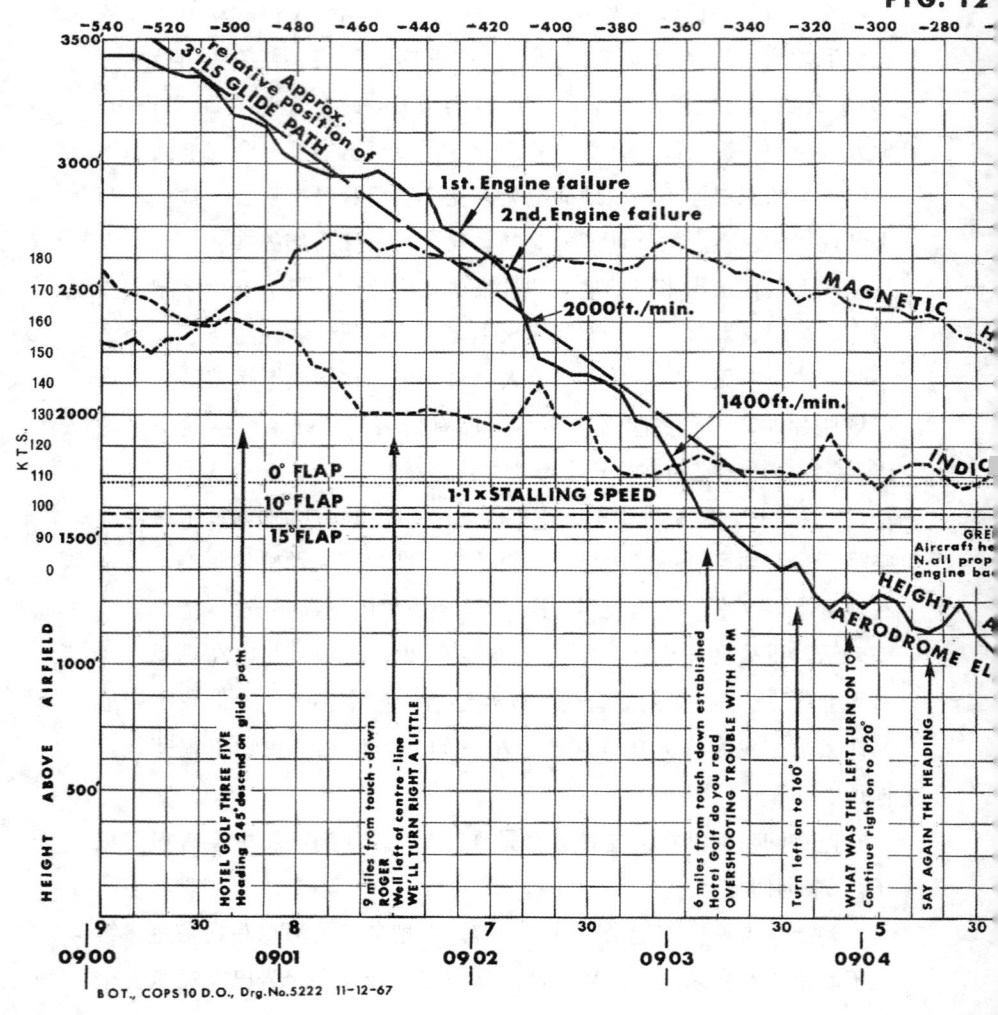

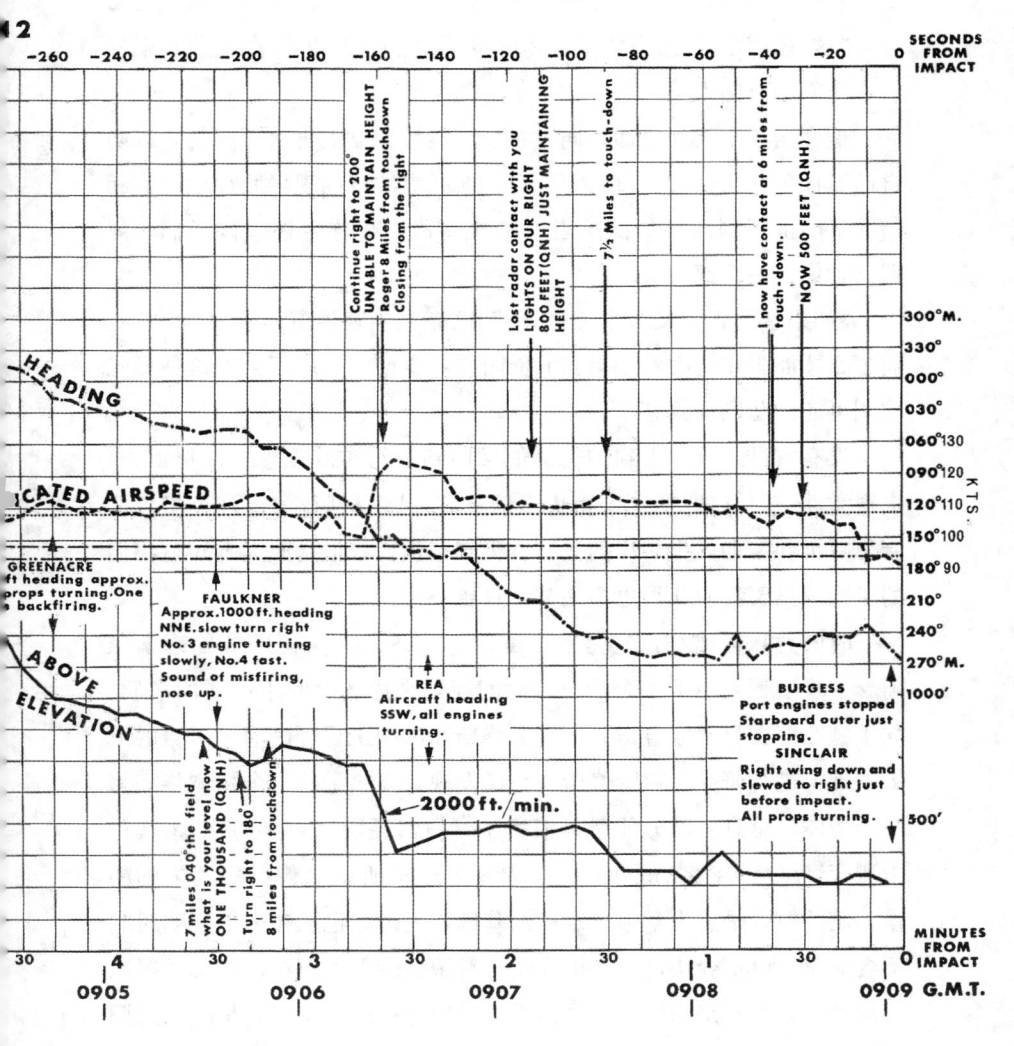

INFORMATION PLOT
调查中的图表细节

晕目眩。"正当我准备躺在床上,我想到此时在这个世界上,只有两个人知道三周内,会有 60 人死于空难,这是多么可怕的事情,"他写道,"这些人现在正在做什么?我能以某种方式向他们发出警告就好了。他们是英国人吗?"

他许诺给亨彻回电话,同时在特殊尾翼这点上再次逼问他,以防自己漏掉了什么细节。过了一个月,斯托克波特的现场照片让巴克相信,亨彻也预测到了"探险者"坠机事故:奇迹生还,孩子们,尾翼,悲伤,一切都对上了。

"如果亨彻先生又对了怎么办?"巴克在当晚给费尔利写信,"我们怎么才能阻止它呢?如果我们能阻止,亨彻先生就不会以这种形式收到可能的悲剧预警。"

没有灾难,就看不到幻视。他又回到了约拿的困惑。他很沮丧,也很激动。"只要我们能获得更多信息,"巴克写道,"也许英格兰住着另一个和亨彻先生一样的人,也得到了预警,但是此人不知道我们的机构。只要我们获得更多细节,只要……"

时间意味着腐朽,它是单向度的。1928 年,英国天体物理学家阿瑟·埃丁顿发明了一个词语"时间箭"来描述时间不可逆的本质。埃丁顿在德国科学家鲁道夫·克劳修斯和法国工程师萨迪·卡诺的成果基础上进行研究。克劳修斯与卡诺发现,当热量从一个物体传到另一个物体,总有一部分能量被浪费了(白白耗散)。克劳修斯将其称为测度熵(measure entropy)。他希望这个词听起来像已经消失的能量。熵的概念是热力学第二定律的基础,反过来也从物理上证明时间不会倒流,也不会快进。如果你没有意识到熵无处不在,你会觉得以下例子听起来不足为信。它是你手中慢慢冷掉的咖啡。它是昨天太阳照射的能量。它是从树上掉落的树叶。它是崩溃的帝国。它是你没有回复的邮件。物理学家把熵视作系统内的混乱。一个低熵系统是有序的系统，内部紧密结合，充满潜在能量。它是时间存在之前的生命，是陆地分裂之前的泛大陆，是冰箱里的一盒没有打开的鸡蛋。熵是释放：煎蛋、被腐蚀的悬崖、迁徙的燕子、传播的病毒、停滞的精神病院、混乱、气候变化和死亡。"宇宙中的熵，"克劳修斯判断，"倾向于无限大。"

熵就是人类，我们深知这一点。埃丁顿震惊于我们的意识如此自然地接受了时间箭的概念。我们中大多数人都同意，时间飞逝，尽管我们不知道其中的原理。一个故事缓缓展开。我的皮肤越来越粗糙，你的脸上有了抬头纹。我们不会越长越年轻。一些物理学家认为，熵这个概念强调人终有一死，我们相信它所包含的意义超过其实际包含的。意大利理论物理学家卡洛·罗韦利在 2018 年出版的著作《时间的秩序》中提出，宇宙中的熵不断增加，我们只是为了极大地简化万物而如此看待它。我们也许依存于很小的角落、一个微小的系统中，在那里这种规则似乎还能适用。但如果是其他地点或时间呢？我们如何真切地获知，过去比现在有更低的熵，或者未来的熵会更高呢？我们或许只能管中窥豹。

我们对熵的执念体现在我们对它无穷尽的抗争中。我们清洁房屋。我们选举新的总统。我们剪下枯萎的玫瑰。我们参与婚姻咨询。我们努力让事物复归原样，即便这么做于事无补。神经成像领域的先驱卡尔·弗里斯顿的研究一直是预测的大脑理论的根基，他极度关注熵。他认为降低熵、抵抗无序，是所有生命形式的目标。弗里斯顿将这称为"自由能量原理"（弗洛伊德也用过这个术语），意思是我们的大脑总是试图留存能量，因此在每个心理过程中都会产生毫无必要的衰减。按照此逻辑，如果能准确地预测世界，我们在应对和适应外部浮沉变化的过程中就会消耗越少的能量，我们就能活得更长、更丰富。"将熵减到最小相当于要抑制时间带来的意外。"2009 年弗里斯顿写道。自由能量原理驱使我们的记忆、直觉和预期在面对向我们袭来的现实时，制造出最平稳的体验。不仅如此，当我们试图扭曲、掌控现实，让现实符合我们的认知时，自由能量原理也主导了我们的行为。宇宙的熵不会降低。我们所有人必有一死。但是在事情发生前就预见到它，是我们这些凡夫俗子能让时间变慢的方法。

布琳农场坐落于什罗普郡大溪流村庄外，位于谢尔顿医院以西约27公里处，它差不多就在威尔士的边界上。1967年10月25日早晨，农夫诺曼·埃利斯请兽医来看他养的猪。其中几头猪走路一瘸一拐。埃利斯几天前就注意到这个问题，他怀疑这些动物得了关节炎。不过，农业部的兽医官早晨抵达后，做出的诊断是它们患有口蹄疫。在所有农场瘟疫中，口蹄疫是传染性最强、对经济伤害最大的疾病之一。绵羊、奶牛、猪、山羊和鹿，只要是偶蹄动物都可能感染病毒。通常，被感染的动物能活下来，但是它们终生都很虚弱。1540年代，一位来自维罗纳名叫吉罗拉莫·弗拉卡斯托罗的学者首次识别出这种疾病，他也是第一位对梅毒做出医学描述的人——他写了一首长达1300行的诗。

埃利斯在布琳农场养了67头猪，似乎所有的猪都被感染了。这名兽医官签署了表格C，即禁止所有动物在8公里范围内活动的指令。那天是周三，正是7公里外的奥斯沃里特里镇的集市日。奥斯沃里特里是伊诺克医生的辖区。埃利斯的两头牛已经在集市了，那天他还有3297只动物待售。集市被中止，所有动物被关在栏中。埃利斯的一头牛已经被卖出去了，一辆警车把卡车追了回来，并将这头牛带回了布琳农场。那天余下的时间里，人们检查了奥斯沃里特里的其他牲畜，确认没被感染后就放它们回去了。

没必要立刻恐慌。布琳农场的病例成了英国当年第三大口蹄疫流行。上个月,沃里克郡的口蹄疫感染遍及四个农场。在猪确诊的第二天,一名拍卖师与两名兽医来到布琳农场,为埃利斯剩下的牲畜(89头牛和244只羊)估值,之后这些牲畜被射杀,埋在了果园地底下。埃利斯的妻子招待他们吃了烤羊羔。(六周后,农业部官员得出结论,770只来自阿根廷的死羊把病毒带到了英国,埃利斯买了其中一只羊。)

周六,邻近的农夫也报告了口蹄疫病例,他与埃利斯合用一台猪称重用的磅秤。截至10月30日(周一),人们已经发现了9个病例,其中一例出现在约160公里外的兰开夏郡。两天后,病例升至19例。病例数字不断上升。到11月末,家畜流行病达到顶峰,在英国5 180平方公里的农田上,有81家农场在同一天报告了刚发现的口蹄疫病例。柴郡平原从威尔士界一直延伸至利物浦,在1960年代,英国乳制品密集度最高的地方就是这里。现在这里成了火葬柴堆的天下。为了射杀50万只牲畜(牛、绵羊和山羊),军队被指派过来。因为急缺用来拖走动物尸体的钢链,英国皇家空军的直升机一个个农场跑,它们在农场上空盘旋,士兵从网兜里把动物尸体向下抛。火葬形成的浓烟随着秋风飘散。

病毒来到巴克家旁边的农场。他的孩子们看到农夫在门口堆放干净的稻草,听到从田野传来的枪声。从埃利斯的农场引燃的瘟疫,是20世纪英国最严重的口蹄疫感染。乡村一片寂静。什鲁斯伯里和谢尔顿医院处于乡村中心地带。医院的数百名患者和员工来自农村地区,他们的生活被完全颠覆了。学校关门,乡间小径被封闭。

在医院内部,巴克正和劫数抗争。上个月,他完成了对医院里老年慢性病患者为期十八个月的研究,研究目的是看能不能改善他们的健康。每周四早晨,他和厌恶疗法研究者玛贝尔·米勒一同巡视拥挤

什罗普郡口蹄疫

的后病房,那里负责治疗 116 名男女:调整他们的用药(如果他们需要服药),努力联系家人来看望他们,为他们联络转至中途之家或旅社(如果他们已经准备好回归正常生活)。经过一年半的密集努力,有 34 名患者已经不在医院里了。18 名患者去世。巴克设法让 16 名患者出院,但最后只有 2 人回到家。大部分患者的家人都不想和他们再有任何关系。同一时期,巴克又被迫接收了另外 18 名慢性病患者。

巴克的研究结果让那些想要改变英国精神病院的医生和改革者更加绝望与愤怒。六年前,在 1961 年春天,时任卫生大臣伊诺克·鲍威尔宣布,是时候废除本国维多利亚时代的精神病院了。"这是一项沉重的事业,"鲍威尔在布莱顿的一次会议上说,"它们矗立在那里,孤立,威严,傲慢;在巨大的水塔和林立的烟囱间若隐若现,在乡村图景中，它们的存在不可忽视，令人畏惧。我们祖先建起如此坚不可摧的精神病院，体现了他们那个年代的观念。"

鲍威尔希望不仅这些机构的实体被摧毁，其代表的理念也应消失。"我们必须谨记，一家医院就是一个外壳，"他说，"一个框架，无论其形式多么复杂，医院储存着某个流程，如果流程被改变或废弃了，那么这个外壳也必须砸碎，这个框架也必须移除。"

改革的道德和智力理由无可辩驳。1955年以来，新的抗精神病药物使得对病情最严重患者的治疗发生了转变。人们有史以来第一次可以想象，广大的精神病患者是可以在精神病院门诊、离家更近的综合医院或小诊所里接受治疗的。医生们也解释了长期禁闭对患者造成的伤害。1959年，在埃塞克斯郡塞韦洛斯医院工作的精神科医师罗素·巴顿用"机构性神经症"来描述许多慢性病患者的痛苦，巴顿曾治疗过贝尔根-贝尔森集中营里的幸存者。巴顿描述了七种引起痛苦的原因，包括强制的无所事事、"失去个人活动"。他观察发现，许多患者放弃了自己还有未来的想法。

但是，关闭全国的精神病院或快速缩减它们的规模，要实施这个计划就必须对抗这些机构本身的阻力。1967年夏天，心理治疗医师、心理健康活动人士芭芭拉·罗布出版了《一无所有》，这本书汇集了匿名患者、护士和医生的口述，表明一切鲜有改善。《一无所有》的创作灵感源于罗布试图帮助一位前客户艾米·吉布斯，1963年吉布斯曾在一家拥有2000张床位的精神病院弗里恩医院接受治疗。吉布斯当时刚过七十，她是一名艺术家和裁缝，因为饱受焦虑和药物副作用的困扰，所以被转院至此。但是，她一住到病房后，精神状况反而急剧恶化。1965年的大部分时间里，罗布每周探访吉布斯两次，有时候在手提包里放一个盒式录音机，她尽一切努力想让吉布斯出院。

这本书记录了机构性神经症的世界，老年患者占了患者人数的

60%，在那里，他们被夺走了假牙、眼镜、助听器和自我。罗布看到的护士并不是虐待狂，但是她们身兼数职，脾气暴躁。她们把患者当作小孩，为自己不去护理患者找尽理由。罗布成立了一个社会运动团体 AEGIS（帮助政府机构中的老年人），这个组织从汉普斯特德的一个小屋起步。罗布当时五十五岁，她人脉广，动力强。她似乎会点魔法。她来自一个历史悠久的天主教家族，宣称"体内有六位殉道者的血统"。1949 年，叶森德比大赛前一晚，罗布梦见了当年大赛获胜的三匹马，且顺序正确。她受过精神分析师的训练，并去维也纳见过荣格，后者认为她"相当出众，如果有谁是阿尼玛，那就是她"。因其直率风格和公众形象，罗布成了医生和护士的希望，他们和罗布观点相同，但是被困在了进步缓慢的医院体系中。伊诺克就是罗布的盟友之一。他根据自己在谢尔顿医院的经历，为《一无所有》贡献了一个章节。巴克完成患者研究后，把成果副本发给了 AEGIS。

12 月初，谢尔顿医院农场里的动物感染口蹄疫。12 月 4 日，医院的所有牲畜（68 头牛和 234 头猪）全部被射杀。某种程度上，这次屠杀标志着在谢尔顿医院，精神病院时代结束了。农场再没有恢复，后来被卖掉了。医院不再是一个自成一体的世界了。十天后，巴克在谢尔顿医院的大会堂做了一次关于长住患者的讲座。利特尔约翰和其他顾问医师都来了，还有地区卫生官员。巴克让工作人员把灯关了，他展示了一些幻灯片，内容关于他在巡查病房时遇到的老年男性与女性。"这两位先生宁愿不要保持整洁。"这位精神科医师展示了从头到脚沾满食物污渍的老年男性。其他幻灯片上有不戴领带或衣衫褴褛的患者。并非所有照片都令人沮丧。巴克给听众们看了七号病房的一位女患者，护士们把她照顾得很好。"她看上去很阴沉，苍白，脆弱，"他说，"但这就是我们在护理的患者。"

他既冷静又和善。根据卫生部数据，到 1975 年谢尔顿医院应该有448张床位。在1967年秋天，这意味着在未来八年的时间里，医院的患者数量要减少40%。但是巴克指出，医院的资深护士和管理者依然按照病床占有率来获得薪水，这表明他们不会主动清空病房。"实际上，从这点来看，我们是在提高患者数字，而不是降低，"他告诉沉默不语的同事们，"人们提到这点时总是轻描淡写。"

巴克展示了一张又一张写满数据的幻灯片：69%的慢性病患者在谢尔顿医院住了五年以上；14%的女性患者接受过工业疗法。77%的慢性病患者来自什罗普郡乡村而非市镇。他大声念叨这些数据，纯粹因为他觉得这很有趣。"这是不是说明我们这里农村地区的患者更容易得精神疾病……没人知道，"他说，"我觉得这件事很有意思。"他发现未婚患者的访客人数是最少的。"这和我们之前的预料差不多，"巴克说，"但是自己去发现这些是很愉快的。"演讲过程中，他的手电筒一度熄灭。讲座最后他承认自己忽略了研究中的老年患者。"但是对许多慢性病患者来说，我们医院似乎是他们唯一的希望。他们会在这里度过余生，然后死去。"巴克说。"因此我们必须尽可能让他们感到舒适……"巴克斟酌了合适的措辞，"我的意思是，把他们当成我们的亲属。"

演讲之后是讨论环节。伊诺克把这次讲座作为他教学课程的一部分，他的态度直接、尖锐。"我们必须问：这家医院的目的是什么？"他询问。与往常一样，利特尔约翰一言不发。在座的年长医生之一托马斯医生回忆，他在阿伯加文尼的一家精神病院工作时，发现该院的死亡率和出院率与一百二十年前的大致相同。"这十分耻辱，"他说，"我不认为卫生部意识到了这点。"

巴克和伊诺克作为年轻的改革者主导了这场对话。"你在文章里发表的东西，我希望你会付钱给我。"伊诺克当着利特尔约翰的面指责巴克的发表爱好，他的行为已经引起了太多麻烦。"哦，会直接登上《世界新闻》,"巴克回答说,"直接登上《世界新闻》。"

在和同事谈话时,巴克再次承认,当自己面对满病房失去家人、常年住在医院的患者时,他感到十分不安,这些患者可能不应该待在医院里,但他们也没有别的去处。"忽略这些人是很容易的。你可能巡查了一圈病房,然后说'好吧,这间病房我就不去了,不会有什么新情况'。你会逐渐养成习惯,然后月复一月,年复一年,不闻不问。我了解我自己,"巴克说,"也许正是这一点促使我探访患者。"

对话回到患者的服装和外表这个话题上,巴克认为这一点对个人品行而言十分重要。

"谁会先死?"伊诺克插话,"是我们的所有慢性病患者,还是这些老旧病号服?"

"慢性病患者,"巴克说,他从不漏掉机会,"病号服会继续存在。"

预兆局给了他一个释放的机会。每天,詹妮弗·普雷斯顿会收到一两份幻视,联络者或寄信或打电话到编辑部。1967年整年,预兆局收到469条警告,其中大部分是无法被核实的。不过,其中也有一些费尔利所谓的"划算交易"。

5月22日,来自诺福克郡塞特福德的林恩·辛格描述了前一晚她做的梦,梦见"很远的地方发生了一场大火"。辛格看见一栋"有大梁"的建筑,火焰蹿到30多米高,"每隔几秒就有突然的闪光,似乎是大爆炸造成的"。周一下午2点45分,辛格在东英吉利寄出信件,大约在同一时刻,第一批消防员赶到布鲁塞尔的新街,抵达创新百货的艺术装饰区,火势已经蹿到位于中庭的玻璃屋顶,屋顶由拱形铁梁固定。251人在火灾中丧生,大火在几分钟内迅速吞噬整栋建筑，这场大火是比利时和平年代最严重的灾难。百货公司露营区的丁烷气罐加剧了大火蔓延。

两周后，6月5日，埃及军队封锁了苏伊士运河的两端，标志与以色列的六日战争打响。而来自金斯林的迈克尔·塞德格罗夫的预言也实现了。塞德格罗夫曾梦见"5月末，一艘商船在苏伊士运河进退两难"。（接下来八年里，有15艘货船被困在运河。）

费尔利为如何下注受尽折磨。1967年的英国国家障碍赛马大赛的获胜者是赔率100∶1的局外人"福伊纳文"，比赛时一处无关紧要的栅栏发生了严重拥挤，这使得"福伊纳文"最终获胜。比赛后一天，一个名叫乔治·克兰默的澳大利亚年轻人致电预兆局，称在比赛前一晚自己梦见了"福伊纳文"的颜色，所以他知道哪匹马会获胜。费尔利请克兰默之后再打来。两个月后的叶森德比大赛早晨，克兰默的一个朋友打来电话，让克兰默与预兆局通话。克兰默很紧张，他说自己梦见许多骑师的服装颜色，还看见获胜的马一骑绝尘。这一次他梦见的颜色是赔率20∶1的"里博科"。"'福伊纳文'赢得全国障碍赛时我就是这种感觉。"克兰默说。"里博科"在叶森德比大赛获得第二，但是在下月的爱尔兰德比大赛上获得冠军，当时在场观众中还有杰奎琳·肯尼迪。"预感？"费尔利在《标准晚报》上写道，"还是巧合？"

巴克和费尔利继续为预兆局招揽注意力。9月，巴克去伦敦参加了一场心灵感应实验。实验组织者是动物学教授阿利斯特·哈迪，他之后在牛津大学筹建了宗教体验研究系。第一次世界大战时，哈迪在一个骑自行车的营队中服役，他那时就对超感官知觉十分着迷。他当时驻扎在林肯郡，位于英格兰东部海岸，他和一名英国精神研究协会早期会员的遗孀成了朋友，后者似乎能读他的心。1967年秋天，哈迪结束了研究鲸鱼和浮游生物的杰出职业生涯，转而在威斯敏斯特的卡克斯顿礼堂进行雄心勃勃的公众实验。实验长达七周，每周一，哈

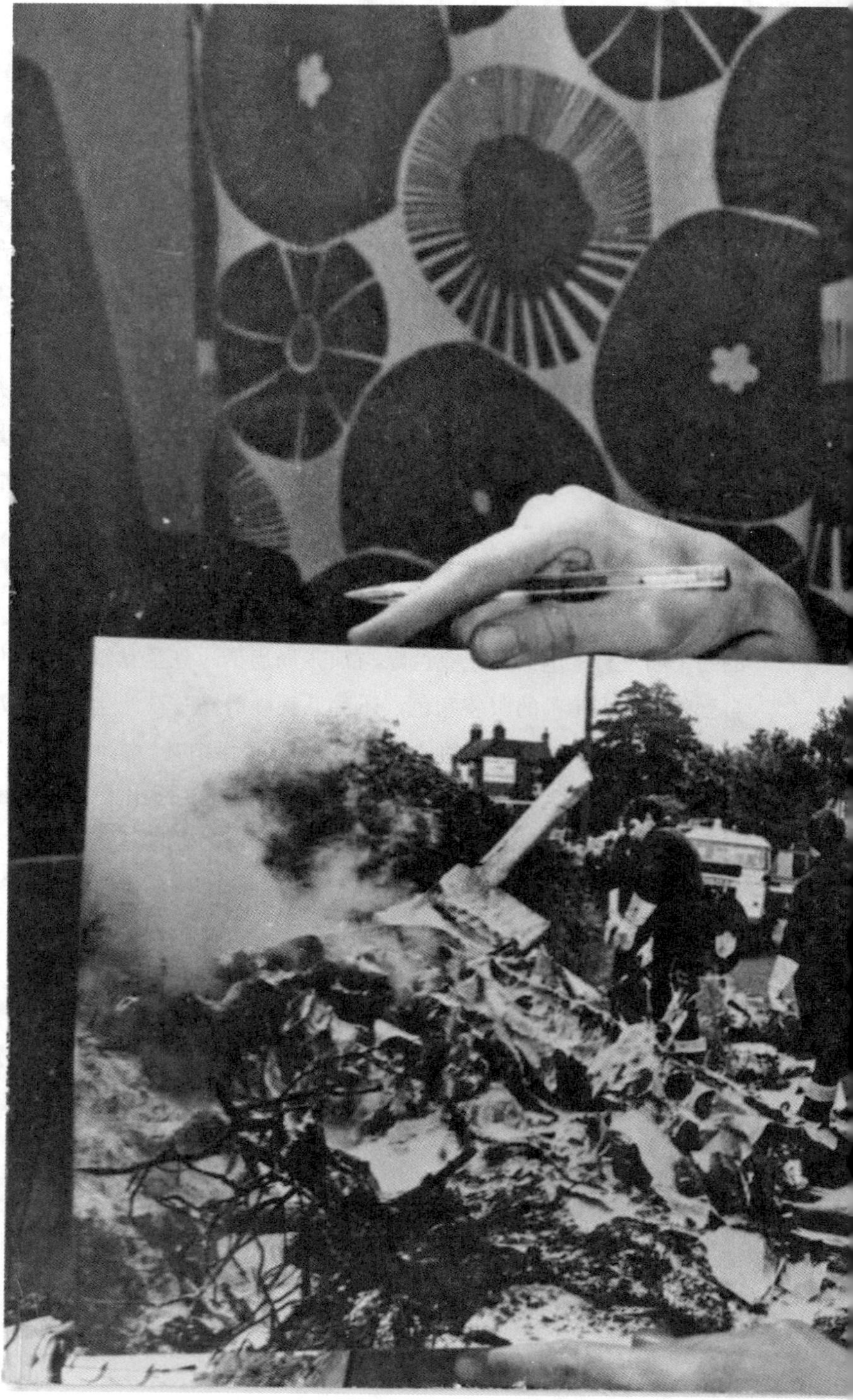

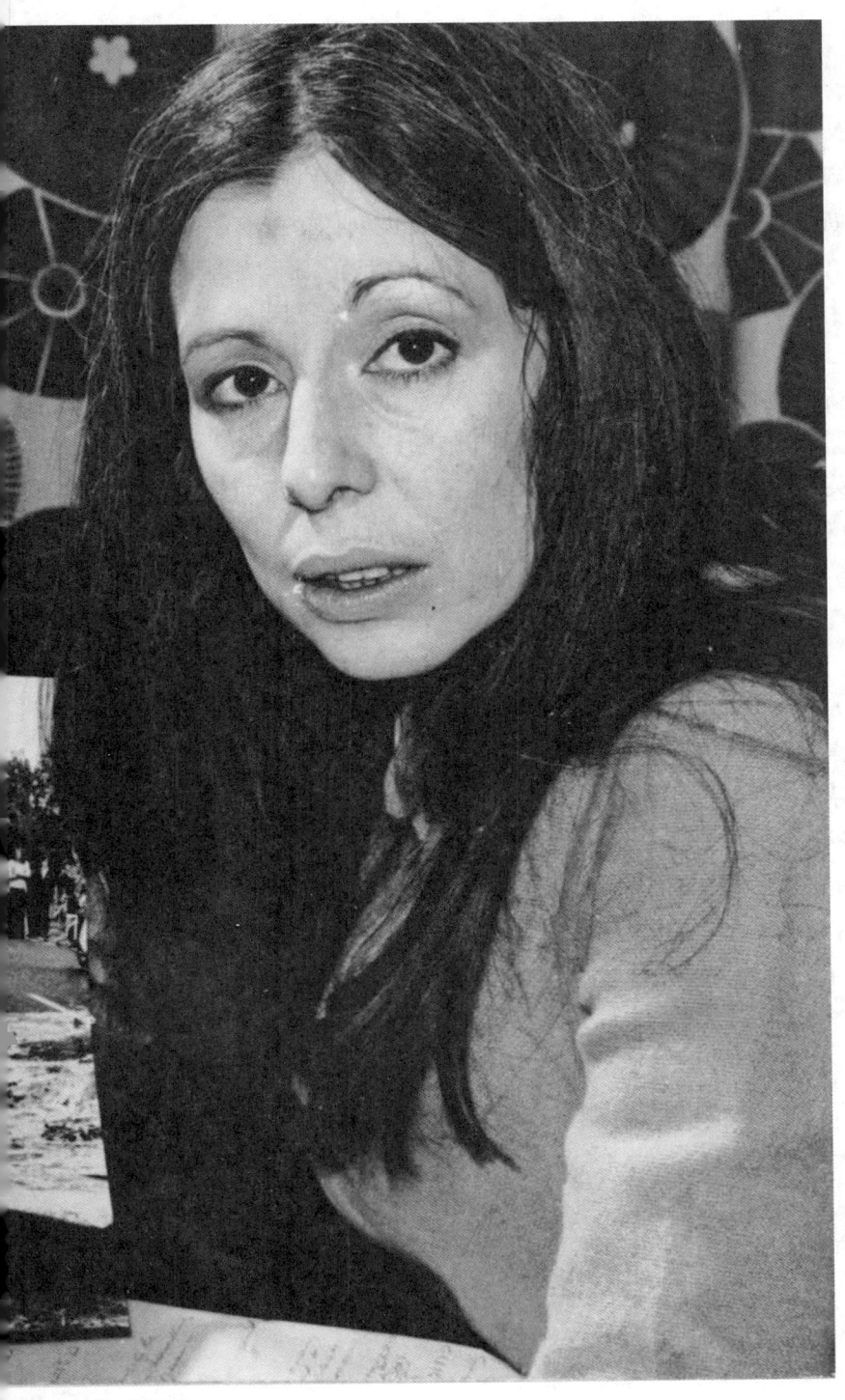

詹妮弗·普雷斯顿

迪站在台上用粉笔速写或投影照片，台下的 200 人努力用心灵感应把看到的画面传递给 20 名受试对象，这 20 人坐在被封得严严实实的小隔间里。然后，受试对象画下他们从空气里接收到的任何图像。

9 月 18 日，巴克就坐在其中一个小隔间里。他认为自己只收到了十幅画面中的两幅，他对此很失望。"我的表现相当差。"他写道。不过，他对这项研究展现出的专业性印象深刻。（哈迪的结论是，在整场实验期间，2112 次反馈中只有 35 次"击球成功"。）

巴克还与《旁观者》的前编辑布赖恩·英格利斯保持联系，当时在英国，英格利斯是超自然现象的主要支持者。两人互相通信，巴克提议他们于 11 月 6 日共进晚餐。那一天，他本就要去伦敦，在皇家医学会的一场会议上介绍自己关于艾伯凡的研究。他计划那天早晨从什鲁斯伯里出发。

几天前，米德尔顿小姐罕见地给预兆局寄了一条明确的警告。11 月 1 日，这位音乐老师感到极度抑郁。她坐在埃德蒙顿的厨房里。"渐渐地，我看见一条线，然后是一道闪光，之后是某种灰雾。我努力寻找它在哪里，"之后，她说，"'火车'这个词冒了出来。火车……火车。"米德尔顿小姐把自己的幻视写下来寄给预兆局："我看见相撞事故……可能是在铁轨上……其中可能包括一个车站……人们在车站等待，还有'查令十字'的字样。相撞的声音。"10 月 11 日，亨彻也警告称主要火车线路上会发生相撞事故，许多人会死，一节车厢会覆盖在另一节上。

11 月 5 日，巴克去伦敦开会的前一晚，19.43 特快列车离开位于英格兰南岸的黑斯廷斯，驶往查令十字站。白天，海边气候温和，但是一到夜晚，天气变得又冷又湿。这趟列车上挤满了返程的旅行者和去首都工作的上班族。当列车抵达距离查令十字站 35 公里的塞文欧克斯，驾驶员换班了，当时已经比预定时间晚了四分钟，乘客们都站在过道上。新的驾驶员叫唐纳德·珀维斯。两个小时前,他在 17.43 列车上刚走过相同的路线,他已经在这条线路上工作了九年。当列车晃晃悠悠穿过伦敦东南部的郊区小站格罗夫公园站,为了达到该市的限速标准,珀维斯准备通过空气制动把车速从每小时 112 公里降到每小时 96 公里。

当珀维斯启动空气制动,他感觉 228 米长、近 500 吨重的列车上有一股短暂的阻力。他疑惑是不是因为制动得太早了,然后他等了一会儿,让空气制动自行完成。他感觉到的阻力是列车脱轨造成的。第三车厢的前轮撞到了铁轨上 12.7 厘米的缺口,立刻冲了出去。下一站希瑟格林站的信号员阿尔伯特·格林看见列车底部冒出大量火星。车上的乘客回忆说声音听起来像列车压到了玻璃。其他人则描述称像是石头击中了车厢。第六车厢里的列车员格雷试着把头探出窗户,他的帽子被撞飞了。他向乘客大喊,让他们趴在地上。列车车头与地面垂直,离地 423 米,之后脱轨的车轮撞上交会站,四节车厢侧翻。车厢里的人像布偶一样被甩了出去。两节车厢的侧面被撕裂。列车的所有窗户一路粉碎。车顶被压扁。座椅、行李、报纸和咖啡杯四散在铁轨上。"一切发生得太快了。"珀维斯说。在驾驶室,驾驶员感觉整列火车突然跳了起来,接着听到一声轰隆巨响。紧急制动被触发了。一个急停,他的驾驶室落在铁道 201 米之外的地方。当他爬出车厢,列车剩余的部分已经不见了。

六分钟后,第一批救护车抵达现场。警察、消防员和当地居民爬上路基。列车残骸散落在圣米尔德丽德公路的一座大桥上,位置就在接近希瑟格林站、距离查令十字站约 13 公里处。救援人员用绳子引导幸存者走下昏暗的海岸,雨中的路很湿滑。救护车的蓝灯和消防员的角磨机迸发的火星,照亮了铁轨。49 人丧生,尽管刚开始人们认为死亡人数要多得多。事故发生时,艾伦·亨彻正在英国邮政总局值班。他抱怨说自己头疼欲裂，于是被带到医务室休息。晚上 10 点 15 分，他写下笔记说觉得发生了铁路事故，并且认为可能发生在一小时前。9 点 16 分，列车在希瑟格林站脱轨。

米德尔顿小姐"查令十字"的预测以及亨彻在医务室的表现，让预兆局重回新闻头条。当巴克第二天到伦敦做讲座时，他接受了 BBC 的采访。《标准晚报》最大的对手《晚间新闻》在头版刊登《提前知晓的两位奇人》，旁边则报道了这起相撞事故，这是十年来英国最严重的火车灾难。"我和这两位受惊的人聊过了，"《晚间新闻》的科学记者迈克尔·杰弗里斯这样写到亨彻和米德尔顿小姐，"他们两位或做梦或清醒，以某种方式跨越时间阻碍……在我们之前就看见了火车脱轨灾难。"巴克告诉杰弗里斯："他们绝对是天才。说真的，我被震惊了。"

这次事故造成 78 人受伤。轻微受伤的人群中有一对青少年情侣，他们坐在一等车厢。男孩留着长头发，龅牙，一双眼睛像精灵一样，他穿着雨衣，戴着软毡帽。女孩穿着白绿相间的大衣，衣领上镶着皮毛。

男孩叫罗宾·吉布，他是比吉斯乐队（Bee Gees）的十七岁歌手，他的未婚妻莫莉·胡利斯是乐队经理罗伯特·斯蒂伍德的前台。那天早晨，吉布从柏林飞至伦敦，和胡利斯及其父母在黑斯廷斯度过了一天，她的父母为他们的旅程准备了面包布丁和几只苹果。胡利斯开玩笑说，吉布旅行得太频繁了，他应该买一份旅行保险。当火车开始剧烈晃动，她向他保证回伦敦的火车就是这个样子。特快列车跑得太快了。但是吉布不相信她。他站起来拉动紧急制动索，此时车内灯光全灭，他们的车厢也侧翻了。"大段大段的铁轨直接从我面前滑过，"第二天吉布告诉一名记者，"我们几乎感觉火车就要四分五裂了。上一分钟我们还陷于行李架，下一分钟我们就到地上去了。"吉布帮胡利斯从一扇破碎的窗户里爬出去。他的头发里全是碎玻璃。他们的衣服上有油渍。他们沿着车厢顶部走，把幸存者从破窗户里拉出来。到处是可怕的尖叫。"就像到了巴特西游乐场。"吉布开了个玩笑。那天是盖伊·福克斯之夜，雨水夹杂着烟火的亮光。

后来，吉布认为自己和胡利斯能活下来是因为有钱坐一等车厢。他们的车厢有一条走道，全是站着的乘客，这些乘客承受了大部分撞击。1967年春天，比吉斯乐队有了第一首大热单曲《1941 纽约矿难》。3月初的某晚，靠近邦德街的斯特拉福广场上，罗宾和哥哥巴里在宝丽多录音室的昏暗楼梯井里创作了这首歌。这首歌是关于一名被困在地下等待救援的矿工，他们的创作灵感就来自四个半月前的艾伯凡灾难。

> 我遭遇了一场事故，
> 我想要你们都知道。
> 这只是我认识的一个人的照片。
>
> 琼斯先生，你见过我妻子吗？
> 你知道外面现在是什么样子吗？
> 琼斯先生，别太大声说话，这会引起山崩。

"这首歌没花多少时间，因为这是关于灾祸的，而灾祸一直在发生，"巴里·吉布之后谈道，"当时气氛正好，这首歌也自然而然出现了。"

吉布兄弟出生在马恩岛，在澳大利亚长大。那年1月，为了成为

预兆局　　127

音乐明星，他们乘船来到伦敦。《1941 纽约矿难》是他们的第一首单曲，位列当年英国排行榜的第 14 名，部分原因是许多电台和听众认为比吉斯乐队是披头士乐队的化名。这张单曲唱片的促销版上有一个空白标签，并附有信息：这是一支名字以 B 打头的新英国乐队。（有谣言说，"BG"代表"披头士组合"[Beatles Group]。）这首歌很奇怪，但是令人难忘。歌曲名没有任何指代。1941 年的纽约并未发生过矿难。音乐节目主持人播放这首歌前，对它的介绍往往模糊隐晦。没人真的明白他们在听什么。人们往往只听见他们想听见的。

第四章

1995年的一天,在德国的大教堂城市美因茨,一名五十一岁的女性去医院接受肿瘤治疗,她的肿瘤长在骨骼底部。K夫人是一位矮小、礼貌的女性,由于复杂的病史,她看起来过早衰老了。十六年前,她第一次接受了肿瘤外科手术,在接下来的时间里,她曾多次住院。在手术前几天,她和自己的医生、四十四岁的神经放射学家维布克·穆勒-福雷尔见面,作为病人,K夫人克制含蓄,没有给这位医生留下深刻印象。

"她很和善、可爱……在我看来,是一个小个子老妇人。"穆勒-福雷尔回忆说。手术是对给肿瘤供血的血管进行栓塞术。栓塞术过程中,一根非常精细的管子被塞入患者腿部或背上的动脉,然后仔细缝合,它进入人体循环系统的狭窄通道,直到抵达正确的位置,塑料颗粒在这里就能阻塞血管。医生先阻断流向肿瘤的血液,之后就能更容易地移除肿瘤。栓塞术是常规手术,通常在使用镇静而不是普通麻醉的情况下实施。"栓塞"指堵塞,通常发生在身体某处,不过这个词最初是用来描述为了和地球绕太阳旋转的365天周期一致,在12个朔望月中增加天数。这是一种嵌入,是对时间的纠正。

实际上,K夫人很不安。她不想接受栓塞术。她厌倦了医院和手术。她和肿瘤共存很多年了,都没有感到疼痛。正是她的丈夫说服她

预兆局　129

相信干预是必要的，即便 K 夫人向丈夫吐露心声，她害怕这次自己无法幸存。在美因茨医学院神经放射学院，穆勒-福雷尔和其他团队成员对此一无所知。手术当天，K 夫人看上去十分焦虑。她不停地问栓塞术要进行多久，目前进展好不好。"非常，非常，非常忙碌。"穆勒-福雷尔想起这位病人时说道。麻醉师注意到 K 夫人的"情绪波动"，便给她注射了咪达唑仑，这是一种强效镇静剂，它的副作用之一是暂时抑制患者的大脑产生新的记忆。医生还给 K 夫人注射了甲巯咪唑，为了降低她产生"交感风暴"的可能性——这个词是"巫毒死亡"的研究者沃尔特·坎农提出的，用来描述应激激素（也就是我们所知的儿茶酚胺）如何使心脏不堪重负。

当栓塞术开始时，K 夫人昏昏欲睡，甚至接近植物人状态，但是她的恐惧依然在手术中蔓延。在穆勒-福雷尔的职业生涯中，遇见 K 夫人之前和之后，她也遇到过坚信自己已步入生命末期的患者，无论她多少次告诉患者他们所患疾病的实际危险，或他们多么敬佩她的医术。大部分患者都很开明。有时候他们是正确的。K 夫人就是其中之一。"她恐惧自己在既定手术过程中随时可能死亡，这一点决定了一切。"穆勒-福雷尔后来在病例报告中写道。

当穆勒-福雷尔把一根导管插入左椎动脉，尽管被注射了镇静剂，K 夫人突然发出深沉的呜咽，然后失去了意识。她大脑中的动脉瘤破裂了。蛛网膜出血的幸存者常常描述当时感到的疼痛仿佛被人敲了一下。在英文医学表达中，这种疼痛被称为霹雳性疼痛。在德语中，它的对应表述是毁灭性疼痛（vernichtungskopfschmerzen）。紧急 CT 扫描和血管造影显示，K 夫人的大脑大范围出血，血甚至流到了脊柱。两天后，她去世了。一开始，穆勒-福雷尔和其他团队成员认为是他们哪里做错了。无论面对的患者健康与否，医生已经习惯成为主角。但是尸检结果表明，手术过程中不存在问题。K 夫人的身体固然不佳,但是基于医学证据,杀死她的正是她心中的恐惧。1999年,穆勒-福雷尔发表了她的病理报告,她在其中写道:"精神压力作为动脉瘤自主发展和破裂的诱因?"

负面预期或恐惧对我们健康的影响,被称为反安慰剂效应(nocebo effect)。这个术语最初由英国医生、公共卫生专家沃尔特·肯尼迪在1960年代提出,被用来描述更有益的安慰剂(placebo)的对立面。(在拉丁语中,"安慰剂"的意思是"我会高兴",而"反安慰剂"的意思是"我会受害"。)第二次世界大战期间,肯尼迪是医学情报机构中的上校。他翻译了德国科学论文,并试图收集纳粹军事医学的秘密。战后,他成了英国酒水企业制酒人公司的首席医学官,当时这家企业已将业务延伸至制药。1956年夏天,肯尼迪从亚琛的研究旅行中回国,他去那里拜访德国制药商格兰泰,该公司刚刚研制出一款振奋人心的新镇静剂沙利度胺。肯尼迪亲自尝试这种药物,发现它对自己的哮喘很有效。他建议制酒人公司尽快为该药在英国市场申请许可证。

肯尼迪用"反安慰剂效应"来描述患者所产生的模糊、不明确的,似乎没有缘由的负面反应,这种情况尤其会出现在药物实验中。"它指向的是患者而非治疗内在的特质。"他写道。肯尼迪从未声称这是完全原创的理念。"每名医生都遇到过反安慰剂患者,"他写道,"即便医生没有给这位患者贴上此标签。"肯尼迪认为人们很难大规模研究反安慰剂效应,因为每个个体的情况都是独特的。他把这类比为每个人梦境的内容。他将这种现象视作有趣的轻微刺激——让人从制造和引进新药的实实在在的工作中暂时脱身。肯尼迪好奇有多少本来有益的药物,因为在受试者身上出现了可疑或身心失调的反应而被撤销。

在英国,沙利度胺获批可治疗早孕反应,据说"绝对安全",尽管这种药物从未在怀孕女性身上做过实验。不存在安慰剂效应或反安慰剂效应。1958年春天,该药开始售卖。1961年9月,肯尼迪关于反安慰剂效应的论文发表了。两个月后,一位名叫威廉·麦克布赖德的产科医生警告制酒人公司的一名代表,称他的诊所中服用沙利度胺的母亲生下的孩子,或出现并指、多余的脚趾,或没有手或脚,甚至手或脚的长度大大缩短了,这种症状被称为海豹肢。两周后,沙利度胺在英国下架。

上市三年内,沙利度胺影响了数万名婴儿。具体有多少胎儿受影响已不得而知。不久,肯尼迪就退休回到了苏格兰,他在人生暮年深入研究畸形学,希望能找到这场灾难背后的其他解释。

反安慰剂效应依然最常见于药物实验中,自我实现的预言往往在这种情况下成真。就算参与实验的志愿者服用的是惰性糖丸,他们还是会警告称体内经常出现副作用。2005年,120名参与前列腺肥大治疗的男性服用了一种叫非那雄胺的药物。一组受试者被告知,尽管不常见,但这种药物会引起性方面的问题,另一组受试者则没有被告知。一年后,第一组中44%的受试者抱怨勃起问题或性欲衰退,而第二组中只有15%的受试者报告。每年,全世界有数百万人停止服用胆固醇合成酶抑制剂,这类物质能降低胆固醇水平,但是其副作用包括疲劳、肌肉和关节疼痛、恶心。2020年,一份对服用胆固醇合成酶抑制剂患者的研究显示,这些患者在实际服用安慰剂时,有99%的人抱怨有副作用。作为生活中的一种事实,反安慰剂效应很难研究。大部分研究者不想引起别人的痛苦,即便他们可以那么做。在多数情况下,这些反应发生在事件将发生而未发生之时,一旦尝试了更令人满意的理论并失败后,人们才能事后确认这是异常反应。

有一类医生能直接检测反安慰剂效应。1885年夏天，一名"非常肥胖、营养良好但身体孱弱"的三十二岁女性被转到巴尔的摩的约翰·诺兰·麦肯齐医生这里，她患有严重的花粉热和哮喘。每年夏天和秋天，这名患者都因病卧床。如果一辆干草车路过她的街道，她就会突然发病。她甚至连桃子也不能摸。普通的药物无法减轻症状。但不知为何，寒冷天气和到海边旅行却是有益的。可卡因最多使她的症状缓解半个小时，"通常，她用药后比用药前情况更糟"。

麦肯齐自有对策。他写道，两周后，这名女性患者感到好多了。一个月后，麦肯齐邀请患者到他的诊室，他在一块屏风后面藏了一朵"与真花十分相像"的人造玫瑰。在患者到达前，麦肯齐擦拭了每一朵花瓣，确保这朵假花是干净的。他确认了患者情况良好，然后在她面前坐下，手里拿着这朵花。一分钟后，她开始打喷嚏。五分钟内，她的鼻子开始堵塞、红肿。"她开始感到胸闷，有轻微呼吸困难。"呼吸变得费力。"我认为实验结果十分令人满意，我把玫瑰移开，放到房间的一个遥远角落里。"麦肯齐写道。当他告诉患者这朵不是真花，她狐疑地仔细检查起花来，她的鼻子通了。

1968年，布鲁克林区的一队精神科医师邀请40名哮喘患者帮助完成一项关于空气污染物的研究。其中一半患者在吸入无害的盐水雾气时都出现了呼吸困难，12人哮喘发作。反安慰剂效应能阻止有效的药物起效。研究者给偏头痛患者服用一种强效药物利扎曲坦，然后告诉他们这是安慰剂，结果利扎曲坦的效力只有原来的一半。另一个研究中，在半小时内，帕金森病患者的大脑被植入电极，以帮助改善他们的行动，患者在肌肉运动任务中的表现最终取决于他们是否相信电极起作用，而不是电极的实际效果。2006年，在一次安慰剂实验中，一位二十六岁的男性想要自杀，吞下了29颗惰性胶囊，他以为那是抗抑郁药物。他的血压骤降，因此被送到医院，当被告知他吞下

预兆局

的是何种药物后,他的症状马上缓和了。

研究反安慰剂效应的学者,区分了我们有意识的期望与其他更缥缈的预期,这种预期与我们的理解力缺乏联系。至少在一定程度上,反安慰剂效应具有传染性。如果在一次实验中,你发现有人感到痛苦或状态有变,当轮到你时,你更可能产生同样的体验。反安慰剂效应的社会性力量意味着它能促发独特的、地方性的症状。2007年,在新西兰销售的甲状腺激素替代药物昂特欣(Eltroxin),其生产商把药厂从加拿大搬到了德国。该药物的有效成分保持不变,但是新版药片的外观不同。药片变得更大,变成了灰白色而不是黄色。媒体报道称新版昂特欣的制造成本更低,此后新西兰患者的副作用报告增加了2000倍。一旦众人拥有相同的信念,这种信念就不会减退。1977年至1982年间,在美国有超过50名苗族难民死于心律失常性猝死综合征,他们主要来自老挝。苗族社群对此的解释是这些死亡是致命噩梦(dab tsog)的后果。人们开始害怕入睡。"你自出生以来就处在一套态度和思想中,因此你无法不去那么做。"加利福尼亚大学旧金山分校奥舍中心主任谢莉·阿德勒回忆说,她曾就猝死问题采访过数百名苗族人。尸检结果表明,一些死者患有心律失常,移民的压力以及恐惧恶灵在夜晚碾碎自己的胸腔,这些因素加剧了疾病。

21世纪初,在瑞典等待政治庇护的家庭中的孩子开始陷入奇怪的昏迷。他们的父母大多来自苏联,这些孩子开始不吃不喝、不说话,父母只得去医院急诊室求助。2003年至2005年间,共有424例类似病例被报告。这些孩子的家庭陷入了他们无法理解的官僚旋涡,他们无止境地搬家、转学,生活岌岌可危,而且他们似乎因为家庭困境而自责,这些孩子最终选择封闭自我。管饲饮食和细致护理可以帮助他们活下去,但是看着他们一天天衰弱,面对困扰他们的创伤难题,医生和精神科医师都束手无策。

放弃生存综合征（瑞典语 uppgivenhets syndrom 更为人所知）在瑞典引起广泛惊恐。怀疑论者常常批评该国历来对难民的友善态度，他们暗示这种病症只是装病甚或儿童虐待，意图以此获得全家的居留许可。然而，医生、儿童心理学家和医务人员指出，这些孩子因为长期在无助和无望的状态中成长（大部分家庭的政治庇护申请曾多次被拒）而感到压力，此外他们受到了代际心理损伤。

其结果就是一种反安慰剂效应。这些孩子毫无期盼，无足轻重。人们认为他们的紧张状态是无中生有。他们往往还不到青春期，生命刚刚萌芽，却被冻结在时间里。2005 年，斯德哥尔摩儿童精神科医师约兰·博德高描述了 5 例病例。他震惊于这些孩子母亲令人窒息的绝望，她们深信自己的孩子就要死了。"这种'受苦的圣母'的状态带来一种'圣母怜子'的氛围，医院病房里充满了沉重的幽闭恐惧氛围，每个身处其中的人都被影响了，"博德高写道，"人们动作小心，轻声细语，从不直接和孩子对话，他们一动不动地躺在床上，盖着床单或被子，让人几乎觉察不到他们存在。"

2014 年，瑞典国家卫生和福利委员会正式承认放弃生存综合征属于一种医学诊断，并推荐称"永久居留许可是目前最有效的'治疗'"。这些孩子通常恢复得很慢，在政治庇护批准后的半年到一年中恢复。越来越多的孩子陷入疾病。2014 年至 2019 年，另有 414 起病例被报告。

斯德哥尔摩卡罗林斯卡大学医院的儿科医生卡尔·萨林出身于一个怀疑精神疾病是否存在的传统家庭。大约十年前，他开始好奇，为什么放弃生存综合征只在瑞典被报告并治疗，这些患者来自世界各地，他们的经历虽然可怕但对斯堪的纳维亚半岛来说并不特殊。他发现目前相互矛盾的主流解释（装病的难民、一种全新的复杂疾病）都无法令人满意。萨林采访了医生和精神科医师同行，与患者家属一同坐在安静的病房里，身边是他们毫无声息的孩子。有时候，他觉得与比自己庞大得多的事物建立了联系。

2016年，萨林写了一篇论文，他在其中描述称放弃生存综合征是"受文化约束的"，这个术语起源于1960年代，用来形容主要病因是社会性的、被共同的信念所驱使的精神病，这种精神病并不是解剖学意义上的或源于某人的精神状态。萨林认为，放弃生存综合征是所有被卷入其中之人的共同创造物，心理学家有时候称这种现象为一种"痛苦习语"（idiom of distress）。

19世纪到20世纪上半叶，医生们承认并医治一种叫"补偿综合征"的疾病，其症状通常产生于诉讼或索赔期间（这种病也被称为"铁路棘""收益神经症"），即便裁决已定，这种病也不一定总是好转。萨林提出理论，认为瑞典的放弃生存综合征可以通过预测的大脑模型来理解：按照这样的解释，这些孩子对未来的预期如此之低、如此不完整，父母和祖国支离破碎的存在、他们目前的生活让他们拥有如此强大的先验，以至于他们的精神和身体都进入了绝望的反馈回环，而富有同情心的医务工作者相信，只有国家授予这些家庭政治庇护，这些孩子才能被治愈，这无意中证实了反馈回环。

"实际上，我们通过某些治疗方式引发了不同形式的患病状态，"萨林说，"如果你把居留许可看作治疗，也就创造了对应的疾病，诸如此类。"他发现，强者（例如精神科医师）和弱者（例如紧张的、如死灵一般的孩子和他们疯狂的父母）会建构出共同的固定观念，这令人担忧且不可避免。

有时，萨林会想起亨里克·易卜生的剧作《野鸭》，这部剧中，一位误入歧途的理想主义者格瑞格斯准备揭开一个脆弱家庭的幻象，让其中的每个人看见自己的真实处境。最终，格瑞格斯的行为让人无法忍受。我们每个人，每时每刻都在心中编织虚构的现实，易卜生将其称为我们的生命谎言（livslögnen）。如果失去了我们为自己编造的意义，我们还会存在吗？"我们都承载着无法摆脱的谎言，"萨林说，"我想到那出戏就浑身发抖。"

1968年2月7日，希瑟格林站火车事故两个月后，米德尔顿小姐看到一个关于巴克的幻视。她看见的幻影一侧是这位医生的头部和肩部：他的头发更稀疏了，鬓角有些凌乱灰白，眼睛是暗淡的褐色；在幻影的另一侧，米德尔顿的父母亨利、安妮站在那里等着谁。两侧的影像之间有一条小径分隔。米德尔顿小姐隐约看见一个男孩和女孩。她的幻视持续了一周。此时，米德尔顿小姐的父母已经去世五年了。他们的幻影常常出现在她的梦里，或是出现在她眼前，因此她把看见他们视作凶兆。"我没想警告任何人……我只不过说我父母想要告诉我什么，"米德尔顿小姐之后在她的回忆录里写道，"我把这解读为与那名医生有关。"

那个月晚些时候，《恐惧致死》出版了。巴克在书中描述了42个病例（28名男性，14名女性），他们似乎被各种类型的恐惧压垮了，从奇异的诅咒到单纯的惊吓或慢慢产生的绝望感。他书中的病例来自第二次世界大战中的集中营、1965年的拉布拉多省、在撒哈拉以南地区工作的英国殖民医生的报告以及更靠近他自己家的病史：一位艺术学校校长在一场成功的青光眼手术后突然死亡，因为他认为自己瞎了；一位七十八岁的商人的相熟医生，发现商人舌头上的肿块是恶性肿瘤后决定不告诉他，后来其他医生给出了真实诊断，这位商人没过几天就死了。巴克的写作对象是大众读者，他给大众呈现的形象是一位不挠不屈的调查者。"我不认为我们能够无视这些。"提到拉布拉多省病例时他这样写道。他解释了坎农和里克特的小鼠实验，并进一步

预兆局　　137

解释他自己关于为什么有些预感死亡成真有些却没有的理论。"有必要探究种子与土壤的问题。"巴克总结道。这位精神科医师把预言的潜能归为三个因素:预言的"不可避免程度"、接收到预言的人的个性以及预言与我们对疾病和死亡的最深沉信念的互相作用。

这本书还有更大胆的地方。巴克不顾利特尔约翰和地方 NHS 官员以及第二位律师的反对(他在书出版前与该律师联系),允许《恐惧致死》署自己的本名出版,而且名字的印刷字体是一种恐怖扭曲的样式。在书中,巴克多次离题,没有阐述他的主题,而是讲述自己在艾伯凡的工作,长篇大论有关算命的规矩和预感故事后,他又写到了预兆局,尽管他和盘托出自己参与其中。巴克也承认他对神秘学的着迷和感受。"我不喜欢这些,"他在前言中写道,"但必须承认我似乎受到了预感的影响,通常是不具体的预感、模糊的厄兆,但是它们并不会减轻我的担忧,而且在这之后总是伴随某种事故或灾难。"关于艾伯凡的部分,这位精神科医师质疑时间一成不变的规律:"如果我们接受本书引用的案例中出现的预感证明,那么我们就会得出以下结论:未来确实存在于此地、**此刻**——未来就在当下。"

《恐惧致死》以一个相当诚恳的恳求作结,巴克希望世界军备开支的一部分能用于此类基础研究。"当我们对自然、时间和生命本身有了更多了解,才会逐渐理解某些死亡谜题以及横亘在我们面前的是什么,"巴克写道,"首先有必要消除恐惧——对未知事物的恐惧。"

1968 年初,巴克的内心一分为二。一边是谢尔顿医院的安全与麻木,另一边是没有界限的问题,他被撕裂了。他理解某个领域,但这也让他感到无趣。他和简来到什罗普郡快五年了。如今,他是谢尔顿医院的副院长,而他和利特尔约翰的关系问题重重,他肩上的责任也日益繁重。他运行着医院的医疗咨询委员会,作为院长代表参加管理会议,讨论更换锅炉、鞋匠的病假工资和替换电烫发机器(据说它已经过时了)的问题。巴克能在谢尔顿医院继续他的正统医学研究，这个研究在当时也算前沿，但研究时常面临困难。数月以来，这名精神科医师游说高层让他使用霍桑病房，这是之前住着结核病患者的废弃隔离科室，他希望在这里进行厌恶疗法研究。他一无所获。最后，巴克在绝望中越过利特尔约翰，直接写信给医院理事会主席请求允许。2月某日下了一天的大雪，巴克的要求成了一场冗长、愚蠢的资深员工辩论会的主题，会议的议题还包括他的职场礼仪(他被提醒不要直接与理事会联系)以及应该对病房老旧的洗脸池和马桶存在的感染风险做些什么。这里的微观政治令人恼火。

不过在医院外，巴克的生活比以往都要安稳和幸福。去年春天，简生下了他们的第四个孩子西蒙。这位精神科医师发现自己为婴儿的成长，为他坐起来和站起来的努力而欣喜。遇上好天气，这家人屋内就充满了愉快喧闹的活力。花园里遍布三轮车和一辆旧婴儿车。外廊里有一匹石马。如果天气晴朗，孩子们在爬架上玩得东倒西歪，或是在网球场里蹭得脏兮兮。奈杰尔现在八岁了，他展现出对机械的爱好。他和巴克会沿着约克尔顿对面的山坡散步，那里有一条铁路，他们观察蒸汽火车坎伯里恩海岸特快列车，每日在爱尔兰海岸呼啸着赶往阿伯里斯特威斯。他们有些闲钱。简有一辆自己的"迷你庄园"汽车；孩子们挤在一起，穿着靴子在地毯上跑来跑去。大多数早晨，巴克先开车把奈杰尔送到什鲁斯伯里的一所私立学校，然后再去医院开始一天的工作。自1963年租下巴恩菲尔德，巴克和简最近决定买下并翻修一栋叫鲍贝尔斯的房子，房子位于医院附近的一条安静小路，距离城镇更近，他们想要永远在这里定居下去。他们雇了一名建筑师，花费数个周末为新居挑选家具。

然而他依然心中郁结。他已经四十三岁了。他被困在穷乡僻壤，要参加在浴室摔倒而死的老妇人的死因调查。他抱怨"小个子男人

家庭生活，巴恩菲尔德，1967 年至 1968 年

们"。在研究那些他认为重要的或被世人错误地归为非严肃的研究主题时，他不惧招来恶名，也不怕冒犯他人。去年，巴克在《医学新闻》上写了关于预兆局的文章，这引来了雪花般的信件。读者们投诉说这个项目既不科学，也充满偏见。其中一人写道："为一串随意的猜测发明一个奇怪的术语，并试图不合理地从未被定义也无法定义的信息中得出推论，真不像样。"另外一人指责巴克已经过时多年。巴克没有无视这些信件，他在下周刊登的报纸上回复了，态度十分冷静。"如果现有的科学理论无法解释所有事实，我们必须调整或者放弃它们，"巴克写道，"这种态度尽管会让许多人不快，但显然对所有科学进步来说都是必要的。"

保护他的事业和名声，还是试图证明我们的大脑可以超越时间（未来某天，如果有足够的数字和充足的数据，大脑也能阻止飞机从天上坠落），巴克从未在这两者中做过选择。不去理会这些问题，是与他理解的精神病学不相符的行为。

2月22日,《恐惧致死》出版前一天,巴克赶赴伯明翰,他在那里为BBC晚间新闻录制了一次采访。他的家人们聚在巴恩菲尔德的起居室里,一同观看电视。在达格纳姆,亨彻碰巧也在屏幕上看到了这名精神科医师,后者正在谈论对终有一死的恐惧。上个月,巴克去伦敦的时候和亨彻单独见过一次,这位知觉者再次重复警告:"我觉得你会碰上一些麻烦。"亨彻像去年4月时一样肯定,他认为巴克会死于约克尔顿的家中。现在,当他在电视上看到巴克,又出现了和之前一样的不祥预感。

巴克已经习惯在通信和电话中询问亨彻自己的旅途是否安全,但无论结果,他总是继续出门。第二天,巴克抵达首都,又接受了更多采访。关于《恐惧致死》的文章出现在最新一期的《每日快报》《每日见闻报》和《伯明翰晚邮报》上。那天晚上,巴克再次现身电视。这一次,他声称如果有一个运转正常的预兆局,艾伯凡灾难中的死难者本不必死去。"尽管公众舆论的氛围如此,如果这些人能够告诉一个中央机构他们的预感,其中某人或许可以做些什么来避免灾难发生。"他这么说道。第二天是周五,费尔利在《标准晚报》的"科学世界"专栏里将部分篇幅贡献给巴克在自己书中宣扬过的理念:邀请算命人到精神病院,和精神病患者分享他们的直觉。

下午,费尔利和巴克为BBC广播4台的科学节目《新世界》录制了一期对话。之后,巴克被送往赫特福德郡的埃尔斯特里演播室,联合电视(Associated Television)的一档深夜专题节目《跟进》付给他50镑,请他谈谈自己的新书。《恐惧致死》被呈现为一部科学研究著作,但它的主题和病例足够贴近日常生活和民间传说,能让人愉快地不安。巴克本人也是记者的理想采访对象:一位"著名精神科医师",一位"资深主任医师"——一位值得尊敬的医生发表了不寻常的观点，而且热衷于制造新闻。他花了半周时间面对麦克风和明亮、炙烤的聚光灯。整件事令人振奋又相当累人，而且正是他被告知不要去做的。

周六晚上 11 点 45 分，巴克在《跟进》节目里的片段如期播出。二十四小时后，一名在日后被称为 18 号患者的女性从浆洗熨烫过的病床上醒来，她闻到了烟味，她住在谢尔顿医院二楼的病房里。1961 年以来，18 号患者多次入住谢尔顿医院。三周前，她住进了山毛榉病房，这里住着医院里最躁动不安的女患者，她们的"状态有些焦躁"，但现在已经稳定并改善了。42 名女性日夜住在山毛榉病房，这是几间在医院后面的 L 形房间，那里看得见滚木球草地和厨房的花园。山毛榉病房有自己的厨房、卫生间、医疗手术室、配备舒适座椅和沙发的休息室、餐厅以及几处煤火炉。这里有三扇门，一扇是火警紧急出口，每扇门都装有自动上锁的弹簧锁，只有一名护士有开门的钥匙。

白天，山毛榉病房有五六位护士值班，但是晚上只有一名护士，通常是四十多岁的凯瑟琳·格里菲思，她在谢尔顿医院工作了二十二年。一名低年资护士在十二小时的夜班中分别要负责山毛榉病房和楼下的栗树病房。那天周六晚上大约 10 点，最后几名在休息室看电视的患者也去睡觉了。一名患者指间夹着一根燃尽的香烟。她记得自己把烟蒂扔向了壁炉。格里菲思关上了电视。几分钟后，资深实习医生瓦吉斯·约瑟夫和夜班护士走过休息室。

11 点左右，格里菲思和那名低年资护士乔伊斯·劳埃德正在值班，后者坐在休息室对面，面向逐渐熄灭的火堆喝茶。外面天寒地冻，不过医院的壁炉从傍晚时就允许熄灭。这两位护士周围的许多患者已经安静下来，睡着了。山毛榉病房有两间宿舍，中间连接着约

24米长的走廊，病床挨着走廊依次排列。走廊之外，还有六间可以上锁的小房间，那是为妄想症最严重、情况不佳的患者准备的。这些小房间配备旧式马厩房门（门的下半部分关闭的情况下，上半部分可以打开）。山毛榉病房建于1856年。此时其中一名患者为了通风，要求把她房间门的上半部分打开。

18号患者的病床紧靠南墙，离火灾警报器、消防栓和水管不远。她醒来时，山毛榉病房只亮着暗淡的夜灯，光线足以让护士们在黑暗中行使职责。如果她抬头看，会注意到如柏油般刺鼻的烟雾正从天花板向下弥漫。18号患者起床走到了火警紧急出口。门锁上了。她环顾四周，找不到格里菲思护士或其他值班的人。她沿着病房走廊前进，烟雾越来越浓，只能摸到床的边缘，她看见楼梯间的门开着。18号患者走下楼，看见格里菲思在楼下的病房里与另外两名护士交谈。她告诉她们自己闻到了烟雾。自1946年以来，谢尔顿医院的护士再没有接受过火警训练。格里菲思在这家医院度过了几乎整个职业生涯，从未参与过任何演习。医院的火警系统安装于1962年，每天中午都会测试一遍。安装在医院屋顶的三个电铃和一个警报器会在院内响起。但是几乎没人知道火警系统是如何运作的。几年前，格里菲思在山毛榉病房碰见一场小火灾，她在厨房的水池里浇灭了一把燃烧的椅子。她告诉18号患者回去睡觉，然后让低年资同事劳埃德护士上楼看看发生了什么。当两人走到山毛榉病房门口，烟雾已经厚到无法穿过。劳埃德看见了火光。"这里着火了。"她说。

格里菲思惊慌失措。她没有直接走上楼去或触发火警，而是穿过栗树病房，走上另一侧的楼梯，从另一头进入山毛榉病房。她在路上经过了三处火警手动按钮，但是没有打碎任何一处的玻璃罩启动按钮。她到达山毛榉病房时，另一位负责落叶松病房的年轻护士布伦达·考克斯正在解开水管。火灾发生的夜晚，谢尔顿医院共有260部

预兆局　143

电话可使用。如果有人拨打111，夜间门房办公室里一台专用的红色电话就会响起。大部分病房里的电话上有"紧急情况"键，但是它的使用方法令人困惑：如果你举起听筒（这似乎是再自然不过的事情），电话就会占线，你就不能和总机通话。三名护士尝试用这种方法报告火警，但是失败了。如果门房回拨正确的分机号码并多按数字1，就能解除占线的问题，但是他没有。时间被耽误了，火势越来越大，烟雾不断扩散。最终，栗树病房的斯科特护士打碎了火警手动按钮的玻璃罩，一个金属小按钮弹了出来，她摁了下去。这是又一个错误，按钮使火警铃又停了。当时已是午夜，在护士们发现山毛榉病房着火，医院门房知晓火警之前，已经过去了八分钟。根据医院的规定，门房无权打电话给消防组，他必须先给谢尔顿医院的消防官打电话，而此人正在家中熟睡。

午夜已过十三分钟，第一批消防员抵达山毛榉病房楼下的草地。据验尸官所言，大多数女患者死于一氧化碳中毒，烟雾包围了她们的病床，这一过程很可能持续了六分钟。在第一批消防员到达前，一名叫作丹尼斯·刘易斯的实习护士救出了几名患者。他在地板上匍匐前进（靠近地面的空气尚能呼吸），把熟睡的患者拉下病床。一名警察爬上建筑工人搭的脚手架，把五名女患者从宿舍窗户里救出来。戴着呼吸设备的消防员撞开了小房间锁上的门，发现六名患者中的五人还活着。要求把房间门的上半部分打开的患者以及睡在走廊外的八名患者都死了。几周后，一名护士查看山毛榉病房时，发现挤成一团的人形被烧在浴室瓷砖上。

凌晨2点，火势得到控制。医院搭建了一间临时停尸房。24名女患者去世。1903年，英国一间维多利亚时代的精神病院也有过一场大火，谢尔顿医院火灾是自此以来最严重的英国医院火灾。一百多名在病房楼里的病人被疏散。护士们在医院大厅里架起了临时病床，给那些失去判断力、打扰到其他人的病人注射镇静剂。警察把谢尔顿医院的护士长阿瑟·莫里斯从家里接出来，由他负责安排一切。当消防员把后来被人们称为 27 号患者的死者遗体抬出来，她的床单里掉出一封信。信是写给她父亲的，最后一句是："我希望护士们和女孩们继续去烧火，爸爸。"

流言满天飞。几名患者宣称是她们纵火的。23 号患者——患有精神分裂症的慢性病患者——在谢尔顿医院住了二十九年，就睡在通往栗树病房的楼梯上方，她发誓是自己干的。"我取来了蜡。"她声称自己在一个储物柜里找到了装有 7 磅家具上光剂的果酱罐，然后点着了整个罐子。她回忆时面露微笑。询问 23 号患者的护士相信她的说辞。她是戴维·伊诺克的患者。在那年晚些时候的公开调查中，伊诺克作证说这名患者表现出模仿言语（echolalia），这是以希腊女神厄科（Echo）命名的症状，厄科被赫拉惩罚，只能重复说出她听到的一切。

一夜之间，谢尔顿医院成了英国退步的精神病院的反面典型。报纸刊登了消防员站在烧毁的、乱七八糟的病床旁的照片。医院南面的围墙被火熏黑了，犹如哥特小说中的场景。第二天下午，来自什鲁斯伯里的保守党议员、前战斗机飞行员约翰·兰福德-霍尔特爵士在下议院发言，他关注到谢尔顿医院的年限。"这家医院建于印度哗变[①]十四年前，"他说，"这很可能是问题的核心所在。"媒体对火灾的报道中提到了山毛榉病房锁上的大门，他们质问患者是否被不管不顾。什鲁斯伯里的当地显贵告诉媒体，这家医院在多年前就该被废弃。谢尔顿医院管理委员会前主席刘易斯·莫特利把医院描述为蛇窝。"你在 1 英里外就能闻到它的气味。"他说。

[①] 指 1857—1858 年印度反对不列颠东印度公司的一次起义，也称 1857 年印度起义、第一次印度独立战争等。——译者

当地报纸《什罗普星报》的头条新闻是《一座古老遗迹》。"这样一群筋疲力尽、工作过量、苦恼厌倦的医护人员是如何在这种情况下妥善护理病人的,这对我们来说一直是个谜,"该报社论如是说,"谢尔顿精神病院仍旧像旧式机构,当地人也常常这么认为。"

作为该院的资深医生,巴克深感羞耻。灾难发生两天后,他写信给《一无所有》的作者芭芭拉·罗布,敦促她使用自己收集到的关于医院中停滞的老年患者的材料。他写道,他的研究"在本周末医院发生的悲剧背景下,产生了新的、紧迫的意义"。他指出许多受害者都是老年慢性病患者,他主动提出为罗布补充谢尔顿医院的机密信息。"我必须承认我厌恶锁住的病房和紧闭的房门,"巴克写道,"它们是过时的产物。"3月8日,灾难发生后12天,《护理之镜》刊载了一篇巴克与玛贝尔·米勒合写的文章,内容有关他们的调查,辅以一张山毛榉病房的伤感照片,照片上病房的天花板因大火熏黑、脱落了。这份报纸宣称,这两名医生的研究揭示出"该院的状况是本国许多类似医院的典型代表这一不幸事实"。

巴克在火灾发生前就提交了文章,但是本文的发表使他在该院饱受创伤的医护人员中极不受欢迎。月度管理会议对这次事件的讨论被延迟了,因此每个人都能读到这篇文章,体会巴克有多么不合时宜。利特尔约翰召集护士们开会,他们是这篇文章指摘最多的群体,因此护士们有理由谴责巴克本人。巴克要求录制这次会议的录音,利特尔约翰拒绝了。"现在,批评者们让我们腹背受敌。"巴克向罗布写道。

他在谢尔顿医院的职位似乎还很安全,但是他确信利特尔约翰和医院领导层中的其他人会竭力让他的生活变得尽可能艰难。按照计划,那年春天稍晚时候,《恐惧致死》会在美国出版,巴克会就这本书、他的厌恶疗法研究以及预兆局进行巡回演讲。米勒也会一起去,但是当她为陪同巴克而申请研究假时,医院拒绝批准。米勒想知道为

谢尔顿医院火灾，1968年2月25日至26日

什么。医院秘书回复说，他无法告知。

  这场争端激怒了巴克。他不想说自己害怕独自旅行。相反，他抱怨说医院的人太心胸狭窄。如果大火证明了什么，那就是像谢尔顿这样的医院无法足够快地推进改革。但是这名精神科医师的生硬态度以及对镁光灯的渴望并没有帮上什么忙。现在，公众已经知道了巴克热衷于神秘学，为预兆局摇旗呐喊。总部设在伦敦的讽刺杂志《私家侦探》刻薄地指出巴克的独创机构没有预见到他自己医院的灾难。"当然，每个计划在萌芽期都会遇上麻烦，"这本杂志写道，"但令人遗憾的是，命运毫无征兆地把手伸向了什鲁斯伯里的谢尔顿医院。"

  预兆局已经运作十五个月了。到1968年春天为止，巴克从普罗大众那里收集了723条预言。3月连续几天，费尔利在《标准晚报》

上详细记录了预兆局第一年的调查结果。根据他的评分系统，费尔利计算出 1967 年中共有 18 条警告最终成真——成功率略高于 3%。比例很低，但并非一无所获。而大部分预言都模棱两可，未来的解释度依然很大。"对于时间在这种现象里所扮演的角色，我们知之甚少，因此我们不能说预言永远不会成真。"费尔利写道。他宣布《标准晚报》会再进行一年实验，"以收集更多资料，更近距离观察特定人群"。

如果只关注米德尔顿小姐和艾伦·亨彻的幻视，预兆局的成功率会更令人印象深刻。两人寄来诸多警告，在 18 条显然成真的预言中，他们贡献了 12 条。"如果证据可信，这两人似乎就是'人体地震仪'，他们能提前感知灾难预警。"费尔利记述道。据称，亨彻预见到塞浦路斯和斯托克波特空难，米德尔顿小姐则预见到弗拉基米尔·科马罗夫之死，两位预言者对希瑟格林站事故给出了令人信服的警告。圣诞节后的几天，米德尔顿小姐预想到一辆"负载极重"的卡车会发生碰撞事故。七天后，也就是 1968 年 1 月 6 日，一辆载有 120 吨重的电力变压器的低车架拖车，迎面撞上一列特快列车，当时列车正从曼彻斯特开往伦敦的途中，位于斯塔福德郡希克森的一个平交道口。11 人在事故中丧生。

费尔利在第二篇关于预兆局的文章中描述了两人——音乐老师和电话接线员——如何觉察到幻视。"我眼前出现了一幅画面。"米德尔顿小姐说。她常常看见单一物体，例如一栋建筑、一列火车或一辆汽车。文字如霓虹灯般闪过。一两天后，她会再次看到相同的幻视，但这次会有更多细节。亨彻的预感总是与疼痛相伴。他受过伤的后脑勺会隐隐作痛，就像偏头痛一样。"有时候我看见黑白画面，有时候是彩色的，"亨彻告诉费尔利，"我从没有过愉快的预感。"亨彻说，一旦他把预感报送出去，疼痛就消失了。当灾难发生，"它发生了"这句话就会凭空出现在他脑海，这句话或这个声音只有他能听到。"都是想象？或许吧，"费尔利写道，"亨彻先生只是不知所措了。"

两位知觉者为《标准晚报》拍了照片。米德尔顿小姐笑容坚毅。亨彻穿着一件 V 领毛衣，拿着一把修枝剪站在一棵光秃秃的树旁。得到关注令人振奋，但也引起了问题。在实验早期，亨彻就和巴克抱怨过，关注自己所有的幻视会影响他的心理健康。这种感觉进一步恶化了。现在，米德尔顿小姐也开始觉得自己被过度剥削了。

亨彻和米德尔顿小姐原本互不相识，在成为这场实验的明星后，他们决定联合起来。预兆局成了被告知方。4 月 8 日早晨 6 点 22 分，亨彻写给费尔利的信中记录了他的最新预感：载有 74 名乘客的飞机向一侧翻转，"芬兰也牵扯进来，不知道为什么"。在这封信中，亨彻列举了若干不满，明确表示他和米德尔顿小姐已经比对过笔记了。"如果你们希望把一切都记录下来，那么我们会这么做，但是这将花费很多时间。"亨彻写道。詹妮弗·普雷斯顿当时正在休产假，准备生下第三个儿子。亨彻说他希望"我们这些怪胎"不会打扰费尔利休假的临时助手。"我厌恶告诉她噩梦。"他写道。

接下来的几天，亨彻又给费尔利写了两封信，语气越发强硬，他明确表示一切不能再如从前一般。他和米德尔顿小姐希望收到关于他们所有预感的回复。他们正在合作写一本书。"它在某些方面可能很直白，或许会让许多人恼怒，"他警告称，"这些记录我们预感的人真的理解做出预言的代价吗？"然后这位预言者试图用一段语气激烈的段落让费尔利理解这是什么感觉：从你头脑中不完整的、令人惊恐的画面中获取信息，挨过邮政总局的交换机夜班，踏入黎明中的伦敦，睡在达格纳姆的公营房屋里，然后看见你的幻视登上了所有晚报。

"我们必须经受这样的折磨：无论我们说什么、祈祷多长时

预兆局　149

间,当我们收到了(预感),我们就要面临是不是应该说出来的抉择——因为如果我们不说,而这一切发生了,我们就不会被信任;我们还要遭受这样的折磨:知道我们的行为可以用于公共事业,只要这样那样的局部宣传足够耸动,公众一定会把我们看作怪胎,我们的神经系统就要承受更大的精神压力。"

亨彻的痛苦是真实的。

"如果我们不说,而这一切发生了,我们就不会被信任。"

当每个想法都可能成为信号,当精神科医师和媒体人急切等待着你的每个怪念头,你选择记录下哪个念头,忽视哪个?你还有选择的余地吗?

"无论我们说什么、祈祷多长时间。"

这份责任让人难以承受。亨彻恐惧于与预知相伴而来的疼痛。他希望忍受疼痛是值得的,米德尔顿小姐也那么想。两人希望得到承认,获得一点照顾。比如一点钱,这也不会造成什么危害。"我们已经没有回头路了,"亨彻写道,"众人皆知我们的名字,我们无法穿越回去撤销这一切。"他疑心费尔利和《标准晚报》能从这场实验中获得些什么好处。

两位预言者从未像对待巴克那样尊敬过费尔利。他们也没有全然接受过费尔利。费尔利等了五天才回复亨彻的最后通牒。"我理解米德尔顿小姐和你的经历令人烦扰又不安,"费尔利写道,"我要劝告你克制夸张经历的冲动,切勿宣称自己有一种实际上你并不拥有的'能

EVENING STANDARD, TUESDAY, MARCH 12, 1968—7

ALAN HENCHER : I NEVER GET PLEASANT PREMONITIONS

A probe by a special Evening Standard bureau

PREMONITIONS

The Londoners who believe they saw disaster in advance

This was the news headline in the Evening Standard yesterday. Now PETER FAIRLEY gives more details recorded by the Evening Standard Premonitions Bureau which records premonitions before the forecast events happen . . .

Did Mr. Hencher forecast the Hither Green rail disaster?

《标准晚报》关于亨彻的整版报道,1968年3月12日,星期二

力'。"这位科学作家没有对预兆局抱以太高期待。他从不停歇,总是在寻找下一个大新闻。1966年暂时失明期间,他记录下自己的恢复过程以及追求一种更平和的生活方式的期待。"世上不存在超人,他是一个神话。"费尔利写道。但是尽管费尔利表示认输,他在最后描述的正是他一直向往成为的那种人:"我认为,无论一个人能多么轻易地无视最细微的影响,追赶公共汽车,比对手更聪明或者实现个人目标,他都不应自认是无坚不摧的。"

费尔利更可能拦招一辆出租车,而不是追赶公共汽车。他继续旅行,密谋,与他人竞争,把别人支付的餐厅账单纳入自己囊中,以扩充他的报销费用。他三言两语就能进入爵士乐俱乐部。他有外遇。到1960年代末,费尔利在美苏太空设施中的门路帮助他获得了不菲的回报。去年11月对相关人士影响重大的希瑟格林车站相撞事故发生时,费尔利在佛罗里达州报道阿波罗登月计划的下一阶段进展。

事故之后的那个雾气蒙蒙的灰色早晨,当巴克在伦敦接受采访,费尔利正沐浴在阳光下,站在佛罗里达州肯尼迪航天中心39a发射台前。在那里,即将搭载阿波罗11号飞往月球的巨大火箭土星5号与橙色铁塔相连。土星5号比自由女神像高出约18米。在400米开外,一名独立电视新闻(ITN)的摄影师把大变焦镜头对准了费尔利的脸。

"他们说这才是大人物。"费尔利在镜头中说。

话音落在"大"上时,镜头迅速移动,对准土星5号,费尔利在画面中只有一个像素那么小。

"一切尽在不言中。"费尔利高兴地回忆道。他热爱这种电视画面。他会抓住最微弱的借口穿上太空服或NASA的工作服。三天后,土星5号点火升空,费尔利身处约5.6公里外的新闻记者席,和现场保持理论上的安全距离。时值早晨7点,四周一片寂静,曙光冲散了昨夜的云彩。孩子们坐在车顶上,男人们仰望天空。当火箭的五台 F-1 发动机启动,发射台周围燃起火焰。有一瞬间,费尔利觉得不对劲。随后,这个近 3000 吨的巨大圆柱体,挑战引力,一飞升天。费尔利觉得他的肋骨都在颤抖。火箭的威力不可思议,人们欢呼雀跃。费尔利听到自己大喊:"冲!冲!冲!"CBS 新闻主播沃尔特·克朗凯特现场评论间的玻璃墙四分五裂。

太空占据了费尔利的职业生涯。1968 年春天,他决定离开《标准晚报》。英国的独立电视台正在壮大、合并。《电视时代》(*TV Times*)当时还是地区刊物,很快会成为全国性的杂志。费尔利得到了这本杂志和 ITN 的双科学编辑职位——他既会出现在印刷文字中,也会出现在电视屏幕上。他告知查尔斯·温特自己的决定,在报社度过了最后几个月,期间和新同事去托登罕宫路吃午餐,计划自己职业生涯的下一个阶段。那年晚些时候,《电视时代》第一期全国版杂志发行,内容涵盖土星 5 号发射、一位穿着太空服的七岁雀斑男孩(他是费尔利在 NASA 的一位朋友的儿子,恰巧也是英国人),后者的标题是"向您介绍······第一位踏足月球的英国人"——费尔利引起读者兴趣的典型风格。

他没有放弃预兆局。费尔利计划把预兆局的记录带到《电视时代》。他邀请普雷斯顿一起工作。他想知道这场实验能取得何种结果,它会成为不错的电视素材。当费尔利思考预感如何运作,他的大脑常常偏离到太空和那些抽象概念上。他为拉格朗日点所着迷。该术语以法国籍意大利裔数学家约瑟夫-路易·拉格朗日的名字命名,在这些点的位置上,两个天体的引力场互相抵消,理论上第三个物体相对于这两个天体可以永远保持静止。

在通往月球的旅途中有一处拉格朗日点,在那里,地球的引力让位于她的卫星的引力。1977 年,在一次 BBC 采访中,费尔利谈到了

费尔利

自己对超心理学的兴趣，他直言自己的困惑：如果在这处拉格朗日点，一位宇航员闪过一个念头，在数月后这个念头是不是会在另一位宇航员的脑海中出现。当采访者质疑这听起来像科幻小说，费尔利表示同意："我们深切的忧虑之一是，我们还未彻底研究过这件事。"

接着，采访谈到了预感。"这是一个引人入胜的主题，"费尔利说，"很多人都知道它时有发生……"

"**相信**它时有发生。"采访者纠正他说。

"我那么说是因为我知道它会发生，"费尔利说，"我就遇见过。"

不过，界限仍然存在。费尔利是一个城里人，他对郊区的预言者们（戴维·弗罗斯特演员休息室里有些令人尴尬的存在）心存警惕，这是巴克从未有过的态度。费尔利还相信，预感存在于未经思考的领域。他在赌马上一直运气不错，一旦他开始思索起选择，好运就终止了。"当你开始思考这些事情，你最好还是忘了它，"费尔利告诉BBC，"这就是为什么你必须对这些以预测未来为生的人或者业余爱好者十分谨慎的原因。当他们似乎在思考如何阐述未来，我就会极度怀疑。"4月17日，费尔利将他与亨彻最近的通信转寄给巴克，并建议是时候与预兆局最成功的预言者断绝联系了："从这些信件来看，站在科学的角度，无论是他还是米德尔顿小姐都已经没有用处了！"

对此，巴克并不确定。"不幸的是，从我与千里眼们的接触来看，自负是他们的普遍特征。"他回复说。这位精神科医师对米德尔顿小姐感兴趣。他认为她"性格讨喜"。他也认为亨彻很偏执，但是一如往常，他将这位预言者的焦虑视作潜在的研究主题，而不是中断联系的理由。巴克的建议是，他们继续收集两位最好的贡献者在1968年余下时间里的幻视，不要把他们排除在外，同时尽力扩大知觉者的名单。"我一直认为，一定还有许多其他具备相似能力的人，只是我们尚未与他们建立联系，原因或许是他们并不知道预兆局的存在。"他写道。

巴克信件中的语气反倒十分客气，有一点置身事外的感觉。"在这阶段，我不会认为……"他在争取时间。他手头也有其他事情。在《恐惧致死》令人兴奋的出版过程后，山毛榉病房的火灾进一步击溃了作为医疗机构的谢尔顿医院以及巴克在这里的行医任务。巴克还在这里，困在什罗普郡乡间，身处过度生长、遮蔽日光的大树下。每天，巴克都会经过烧毁的病房。他渴望去别的地方。如果未来属于此时此地——如果巴克的未来已经出现了——这一切也超出了他的能力范围。属于巴克的未来在医院高墙外徘徊不前。

5月某个下午，英国海外航空公司（BOAC）一架腹部为灰色并饰以海军蓝装饰的客机向西飞去，它在爱尔兰海上空达到巡航高度，开始了飞向纽约的航程。飞跃海洋的过程很平稳。女乘务员戴着白色手套。巴克这名紧张的乘客坐在靠窗的座位上。那天一早，精神科医师和研究助手米勒带着他们的行李和幻灯片离开了约克尔顿，去美国进行为期三周的巡回演讲。医院之前拒绝批准米勒的研究假，她被迫把这次旅行当作度假。自孩子降生后，这是巴克和简分别时间最长的一次。这架 VC10 沿着爱尔兰北部海岸飞行，巴克透过云层，瞥见两座海边小镇科尔雷因和波特拉什，当他的父亲在战时驻守贝尔法斯特时，巴克在这里度过了少年时代。他的思考完全不受束缚，在过去与未来间穿梭。

巴克和米勒这次旅程官方的、科学的目标是，去大学和州立精神病院讨论厌恶疗法，这种疗法曾引起美国媒体的轰动。不过，一如以往，要讨论的还有超自然议题。在美国，《恐惧致死》直接出版平装本，巴克的美国出版商无意从清醒、科学的角度介绍他的著作。封面

Thoughts can kill! A medical doctor's amazing, fully documented case histories of deaths caused by strange and terrifying psychic powers

SCARED TO DEATH

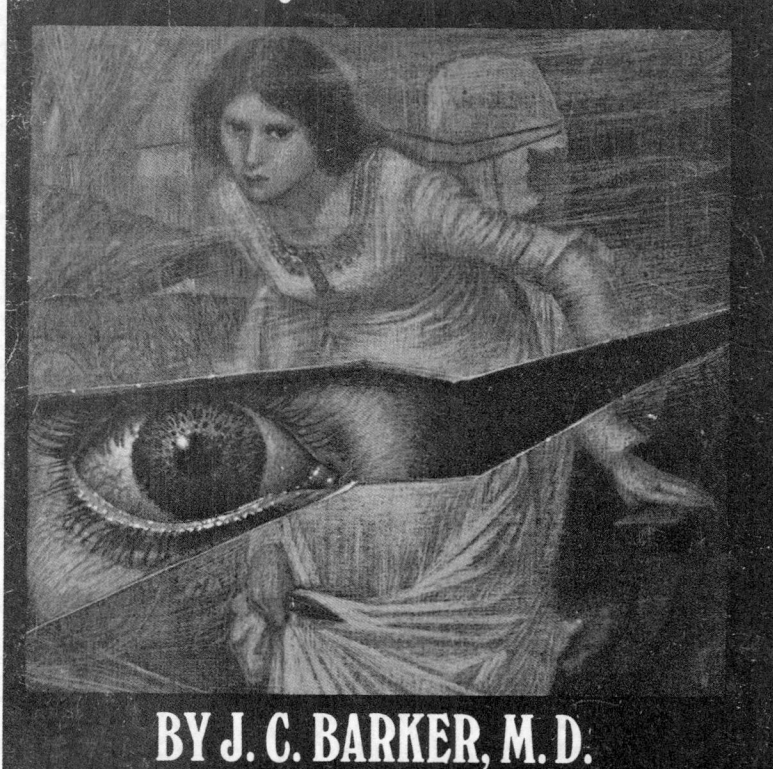

BY J. C. BARKER, M.D.

《恐惧致死》，美国版

上写着"想法能杀人!"。在书名下方,一位身穿白裙的女子提着裙角突然出现。画面裂开一角,一只凸出的眼睛瞪着读者。

在美国,边缘与主流群体对巴克的理念均有回应。当时,比起在英国的任何研究,美国的超感官知觉研究计划更有活力,资金也更充裕。巴克的行程计划中包括拜访纽约布鲁克林区的迈蒙尼德医学中心,精神科医师蒙塔古·厄尔曼自1962年就在该中心进行梦境和心灵感应实验。巴克还希望能在美国精神研究协会发表演讲,由于静电复印术的发明者、来世信仰者切斯特·卡尔森的捐赠,协会正在复兴壮大。

这次旅程的时机正佳。是时候远离枯燥无聊的谢尔顿医院,或许是永久远离。这是一种自己走出舒适圈的方式。不过,这场冒险也有一些虚幻和无法抗拒的成分。巴克称他的旅行是"人生之旅"。他确信自己不会再碰上这样的好事,他出发时除了感到兴奋,还有一丝宿命的意味。刚过下午3点,巴克在大西洋上空用印着BOAC抬头的信纸和他的自来水笔,写了两封信。第一封信是写给他父母的。"谢尔顿医院的一切还是很糟。"他写道。前一天,他又和利特尔约翰("一个卑鄙的人")争论起来。第二封信是写给简的,更温情,充满留恋。他们一家人在复活节假期又去了伍拉科姆,巴克在脑海里回放了度假的场景。他想起来新居鲍贝尔斯。想到自己被困在谢尔顿医院就使他忧虑,不过,想到自己现在能够为家人带来安稳生活又让他感到安慰。"最后你终于可以说,我为你做了一些事(在赫里森医院等之后)。"他这样写给简。他告诉她,在自己出差期间不要担心花钱的事。"现在钱又有什么紧要呢?"

这段旅途一开始就令人疲惫。巴克抵达纽约的那晚,他接受了几次关于《恐惧致死》和厌恶疗法的电台采访,在凌晨3点才抵达第八大道上曼哈顿酒店的房间,距他离开巴恩菲尔德已经超过二十四小时。经过了一天的休整，他和米勒直奔费城做演讲，然后飞往安大略湖岸边的罗切斯特，向大学医院展示他们的工作。接下来的十天里，巴克和米勒在东海岸来回穿梭，驾驶一辆租来的道奇"摩纳哥"拜访医学院和精神病院。他们在雨中观赏了尼亚加拉瀑布。

遥远的路途使巴克震惊。有好几天，他看着地图，仿佛他们没有前进半步。他喜欢其中一些地方。佛蒙特的美景让他想起什鲁斯伯里南部、威尔士边界上的威河谷地。他买了一台钟，纳入他的收藏。在科德角，米勒拍下了一张照片：巴克倚靠在一块岩石边，海浪在他身后无声翻涌。他身穿棕色长袖马球衫。灰黑色的头发凌乱地掠过不断后退的发际线。他具有一种克制的、好战的能量。他们驾车途中感受到了美国那年春天的不安定氛围。此时是越战最激烈之时，毫无疑问，这是一场无法获胜的战争。仅仅一个月前，马丁·路德·金在孟菲斯的酒店阳台上遇刺。一天，在去波士顿的路上，大约是海恩尼斯港附近，这两位医生看见了博比·肯尼迪，后者正为争取1968年民主党总统候选人提名而进行最后的激动人心的竞选活动。大城市让巴克不自在。"我们喜欢美国，但这是一个病态的社会。"他这样写信给简。费城很可怕。纽约的瘾君子和流浪汉使他惊吓。他发现曼哈顿的天际线特别像生殖器的轮廓，他忍不住盯着它看。

在波士顿这座米德尔顿小姐出生的城市，巴克和米勒在喜来登大酒店举办的美国精神医学学会年会上，向500名医生介绍了他们的厌恶疗法研究。弗洛伊德的学生、自杀领域的世界级权威欧文·施滕格尔也是听众之一。演讲期间，观众中传来笑声，这让巴克烦躁。他不清楚这算不算好迹象。"我不认为我在这里的进展像我希望的那样顺利。"他在写给简的信中写道。大部分医院让他沮丧。"我们在这里的州精神病院做讲座，"这是一封他从新泽西安科拉寄出的信，"这家医院糟透了。"巴克对他拜访的地方和人都表现出一种鄙夷态度，同时又希望能获得工作邀约和研究机会。他知道自己的矛盾心理也是问题之一。"我不认为自己那么喜欢美国的精神病学——但是我也不喜欢英国的!"他写道。各种行程让他筋疲力尽。米勒得了胃病。不过,有能表达的机会没什么坏处,两人继续推进。旅途的第十四天,巴克和米勒回到纽约,一头扎进更多的会议和研讨会。周六早晨,他们在一群行为治疗师的会议上发表了两个半小时的演讲。几天来,巴克早晨论述厌恶疗法,下午讨论《恐惧致死》和预感。

在迈蒙尼德医学中心,厄尔曼梦境实验室的超心理学家前来聆听关于预兆局的内容。其中一人是实验室三十一岁的志愿者罗伯特·尼尔森,他在《纽约时报》发行部工作。尼尔森金发碧眼,来自俄亥俄州,他是格林尼治村民谣运动的一员。他的双胞胎兄弟威廉天生是灵媒。过了一个月,尼尔森发起了美国版本的实验,名为中央预感登记处,他把收寄地点设在时代广场站的482邮政信箱。

5月26日,米勒回到英国,把大部分演讲用的设备也带回去了。巴克在加利福尼亚多待了一周。从纽约出发的航班上,他看见冷锋向落基山脉涌来。在他给简写长达七页的信件时,飞机开始颠簸。"我必须承认,我很害怕一个人做这些,"巴克坦白道,"但是,如果错失此时的机会将是遗憾的——这可能是我能获得的唯一机会。"巴克写信时,风暴越来越严重。"飞机像棕榈树那样摇晃!"他加了一句附言:"恐惧致死!"

在洛杉矶,这位精神科医师有了更多空闲时间。他参加公共汽车旅行,仔细查看好莱坞大道上中国剧院外众多明星留下的手印和足印。巴克发现自己的脚和克拉克·盖博的一样大。这座城市永无止境,而且酷热难耐。他驻足观看日落大道上的嬉皮士。他从海港高速公路给家人寄了明信片。"我从来没见过那么多汽车。"一天,一架直升机送巴克到圣贝纳迪诺,他在巴顿州立医院发表了演讲,而他终于获得了工作邀约：在加利福尼亚的监狱精神病院工作，年薪 17000 美元，比他在谢尔顿医院的薪资要高。"我怀疑你是否会喜欢这里。"他写信给简。他努力在市中心的酒店里入睡。

每天，新闻里全是博比·肯尼迪的消息。距离加利福尼亚初选投票不到一周了。肯尼迪的竞选总部设在距离巴克下榻酒店不远的大使酒店。这位精神科医师抵达洛杉矶的两天前，肯尼迪现身于博览会公园中的洛杉矶体育竞技场，参加一场黄金时段的电视转播晚会。当晚的主持人是肯尼迪的朋友安迪·威廉斯，他唱了《月亮河》。飞鸟乐队唱了一首鲍勃·迪伦的歌。杰里·刘易斯演了一出滑稽短剧，金·凯利亦然。拉克尔·韦尔奇身穿白色曳地长裙。博比的夫人埃塞尔·肯尼迪也在场，她怀着他们的第十一个孩子。

那是周五晚上，时年四十二岁的肯尼迪之前在加州以北约 1600 公里的俄勒冈参加竞选活动。他在晚会上迟到了，那是他当天第五次踏上飞机。在令人屏息的八十天总统竞选活动中，肯尼迪充分利用了家族政治机器的魅力和财富，并将其推向情感性的、诉诸道德的呼吁：终止越战，解决美国的贫困和种族主义问题。他任由人们拿走他的鞋。他不停地击掌、握手，直到自己的手流血。他喝姜汁汽水来提神。在洛杉矶的舞台上，《桃色公寓》中的明星雪莉·麦克雷恩向观众介绍肯尼迪。肯尼迪身着黑色礼服，体态修长。他讲了几个关于时任加州州长罗纳德·里根、时任洛杉矶市市长山姆·约蒂（约蒂讨厌肯尼迪）的笑话，然后回到竞选活动的犀利主旨上，在谈及这些问题时，肯尼迪自如地引述约翰·邓恩、阿尔贝·加缪以及他最喜欢的古代岩画（据说它被刻在金字塔的一块砖上）："没有人气愤到大声诉说。"

预兆局　　161

米德尔顿小姐确信肯尼迪会死。她声称，自己在马萨诸塞州的成长经历使她对肯尼迪家庭有了特殊洞见。3月11日，她写信给巴克，警告会发生刺杀。四天后，她又写了信："'刺杀'这个词继续出现。我没法不把它和博比·肯尼迪联系起来。历史或许会重蹈覆辙。"当月晚些时候，米德尔顿小姐告诉一名美国记者说两个人目前不安全：夏尔·戴高乐和博比·肯尼迪。整个4月，她一直重复关于肯尼迪的警告。

并非只有她一人。竞选办公室经常收到死亡威胁。每周，联邦调查局会给肯尼迪的新闻发言人弗兰克·曼凯维奇看可疑枪手的照片，曼凯维奇在人群中搜寻他们的脸。肯尼迪本人相信宿命论。他只有一名保镖。"活着的每一天就像玩俄罗斯轮盘赌，"他对记者杰克·纽菲尔德说，纽菲尔德后来为肯尼迪作传，"你只能把自己交给人民，相信他们，从那一刻起只有'运气'这个老女人能左右了……我很确信

1968年6月，博比·肯尼迪去世前几天，他正在加州奥克兰参加竞选活动

迟早有人想取我性命。不一定全是政治原因。我不相信政治原因。可能只是疯子而已。周围有很多疯子。"

1963年肯尼迪的哥哥死后，他一直处于严重的幸存者愧疚状态，弥尔顿在《失乐园》中将其描述为"继续活着"。他在伊迪丝·汉密尔顿撰写的古希腊思想导引著作《希腊精神》中寻求慰藉。汉密尔顿是印第安纳州韦恩堡市的一名女校长，她不是一名传统学者，而是一名颇有天赋的普及者，拥有特殊的语感及对苦难救赎可能的直觉。在肯尼迪1968年的演讲中，随处可见汉密尔顿对埃塞库罗斯的意译和她半翻译、半创作的古典谚语。

"人类不是为安全的港湾而生的，"汉密尔顿在某个段落中写到埃斯库罗斯时这样写，肯尼迪在这段话下划了线，"生命的完整性在于生命的危险。而且，在坏的情况下，我们内在的完整性能反败为胜。"悲剧的一部分在于，它确定发生，而我们在此过程中要如何审视自身的选择。"上帝啊，原本也可能是我。"那年春天金被射杀后，肯尼迪说道。那天晚上，总统候选人在印第安纳波利斯的黑人社区，面对受惊的听众，哀伤而唯美地谈及他哥哥的死亡。他错误地引用了汉密尔顿对埃斯库罗斯的笨拙翻译，而这抚慰了听众的伤痛。

希腊哲学家意识到，一个人的命运与他们的身份密不可分。即将发生的事成了我们选择去做的事。我们的行为既是我们独特性格的表达（我们的**气质**[ethos]），也源于左右我们的神圣力量（我们的**代蒙**[daimon]）。苏格拉底有一个会说话的代蒙。公元前339年，当他站在审判席上，其中一项指控是他引入了新神。苏格拉底公开提到能预知未来的精灵在引导自己，这引起了雅典人的不安。"我还是孩子时，就感知到它的显灵。"他这样对陪审员说。据柏拉图所说，有

500名公民聚集在广场上审判苏格拉底。"它是一种我耳边的声音，总是禁止我做我即将要做的事，但从不命令我去做任何事。"苏格拉底绝对遵循他的神谕。在审判期间，他本可以在任何时候祈求怜悯、自愿流放或支付罚金。他当时七十岁，有不少社会关系。但是他做了相反的事。他挑衅检举者，训斥他们，要求奖赏而不是惩罚。他耳边的警示声音从未响起。即便苏格拉底被宣判死刑，**代蒙**也没有要他改变做法。他的朋友们来到牢房救他，他打发他们回去。苏格拉底的结论是，没有什么可怕的。"我碰上了一件极好的事，"他说，"人们或许认为，或者说大多数人会觉得这是我遇见的最邪恶的事情；但是那个神圣的信号没有反对我的做法。"如果没有灾难，在此之前也不会有预感。苏格拉底把毒药举到唇边。"我遇见的无疑是一件好事，"他推论道，"我们中认为死亡是恶的人一定错了。"

    旅途的最后几天，巴克待在旧金山。太平洋令他心驰神往，但他不敢去冲浪。他感到孤单又困倦。"此刻，我只觉得自己在蜷曲、死亡，我太想回家，回到你们身边了。"但是，这位精神科医师又恐惧回到之前的生活。"如果我回到谢尔顿医院，我估计会遇上麻烦，"他写道，"我想知道将来还会有什么阻碍。"6月1日，巴克抵达什鲁斯伯里，那是周六。下个周一是加利福尼亚初选竞选活动的最后一天。那天早晨晚些时候，博比·肯尼迪在旧金山的中国城，被人群推搡挤拉，一个鞭炮在他附近爆炸。一串巨响。他的随行人员畏缩了。他继续与人们握手。第二天，米德尔顿小姐又陷入发狂。"又一次刺杀，还是在美国。"她写信给巴克。6月4日，她三次打电话给预兆局，警告他们谋杀近在眼前。下午，在洛杉矶海滩，肯尼迪十二岁的儿子戴维被回头浪卷走，肯尼迪跳入海中救出儿子。那天午夜过后不久，

约翰·巴克在美国，1968 年 5 月

就在他们宣布加州初选获胜后的几分钟,肯尼迪抄近路穿过大使酒店的厨房,在那里被人近距离射击头部。"一切都会好的。"肯尼迪躺在地上奄奄一息道。巴克称这是米德尔顿小姐最好的预言。"你曾一再坚持。"他写道。

尘土落下,颜色各异。人们醒来,看见公共汽车车窗上橘色的痕迹,铺路石上点点黄色斑痕。夏天的树叶长出了"白斑"。当尘土干了,它看上去与脂粉无异,你甚至仅凭触摸根本分辨不清两者。当尘土和雨水混在一起,排水沟都变红了。那是1968年7月1日,周一早晨,空气变得糟糕。一股热浪点燃了英国东部。伦敦被烧得火热。伦敦桥被卡住了,无法闭合。国会成员请求脱下他们的外套,但被拒绝了。从大西洋来的湿冷空气由北向西前进。而悬置空中的是1000万吨撒哈拉沙漠的沙子,它们自阿尔及利亚阿哈加尔高原汹涌袭来。

在什鲁斯伯里,所有事情或多或少都撞在一起了。气象学家说,威尔士岸边涌起了飑线,沿着飑线生活的人感受到了1755年以来最奇特的英国早晨气象。天降冰雹,道路变得乱七八糟。刚被有色雨污染的温室,这会儿又遭高尔夫球大小的冰雹袭击。威尔士浦的城镇被洪水截断了交通。一个老人在自家棚屋里砍木头,倾盆大雨把他和棚屋都冲进了大河,他淹死了。考场被淹没,学生们被要求提起双脚。在什鲁斯伯里,闪电把一栋房子的屋顶撕开了一个口子,在房子起居室的地毯上留下印记,当时一名七十三岁的老妇人正在独自看电视。风暴让中午的天空变得黑绿相间。在蒂斯河畔斯托克顿,驾驶员打开了前灯,窨井盖被冲到了上游,人们在街道上边祈祷边蹚水前进。艾伯凡再次陷入洪水。

谢尔顿医院大火的公开调查在雷声中开始了。听证会在什鲁斯伯里的巡回法庭举行，郡议会崭新的总部坐落于城镇郊外，巡回法庭也包含其中。去年春天，女王宣布启用这座现代主义的郡总部（Shire Hall），这里是远离谢尔顿医院哥特式走廊的另一个世界。大雨敲打着狭窄的矩形窗户。巴克坐在旁听席上。接下来两周里，调查采纳了40 位证人的证词。这位精神科医师在一侧旁听，护士们的证词互相矛盾，她们对当晚发生之事的解释十分混乱。医院的留宿消防员约瑟夫·韦德解释说，十一年来他"只是一名光荣的劳动者"，他甚至不被允许和医院的女性员工说话。伊诺克也出现在听证会上，他给出了模仿言语的诊断。巴克直觉这是掩盖行为。"矛盾的证据真是可怕，"他写信给芭芭拉·罗布，"我确信这会给这家医院带来很坏的名声。"

7月11日，巴克四十四岁了。明天是他父亲七十七岁生日。父子两人互赠支票。简给查理寄了一点烟草。巴克刚从美国回来，没有精力再次动身。他还在游说医院，希望能为他的厌恶疗法研究争取合适的病房。如他所料，因为陪同自己进行巡回演讲，米勒受到了惩罚。她的薪水被暂停发放，可休假天数扣除三天。巴克担心她会辞职，这样自己就会比之前更受孤立。"我和这家医院的联系让我感到耻辱。"他在给查理的生日贺信中这样写到谢尔顿医院。他把医院描绘成粪坑。孩子们都很好。漫长的暑假就要开始了。鲍贝尔斯终于接近竣工。他和简计划下个月从约克尔顿搬走。但是巴克被一种对自己的未来感到绝望、空虚的感觉攫住了。"住在这里似乎毫无意义。"他写道。

到了月末，巴克开始头疼，而且越来越严重。疼痛常常是无法忍受的。他被送到什鲁斯伯里的考伯斯恩医院，在病床上继续工作和写信。"他不是那种会'投降'的人，总是希望能继续'工作'。"后来，简如此写道。

7月27日晚上，米德尔顿小姐又做了一个梦，她将其解读为对巴克的进一步警示。当时她待在海边的一栋供膳寄宿屋里,死去的父母与她相伴。"短暂的一阵子,我们很高兴,还喝了茶。"她回忆说。之后,她的母亲起身进入一辆黑色汽车,她把米德尔顿小姐推开了。她在车后面追了一阵,很快意识到这个梦意味着与她亲近的某人将要死去。当米德尔顿小姐醒来,她感觉自己很恍惚、迟钝,对世界疏离。午餐时,她给预兆局寄了一张便签:"这可能意味着死亡。"

法国历史学家菲利普·阿利埃斯曾写过一本关于童年的激进著作,六十出头时,他开始极度关注我们死亡的习俗。阿利埃斯从未有过大学教职。三十五年来,他在一个致力于研究热带水果的机构中管理档案部门。他时而被那些有证书加持的学者讽刺为"卖香蕉的"。他在去上班的火车上阅读拉丁文。阿利埃斯想知道,法国的葬礼习俗(虔诚地走向墓地,将墓穴视为崇敬之物)是古来有之,还是更晚近的发明。他调查了18世纪末巴黎了不起的现代墓地的挖掘历史。在研究过程中,阿利埃斯意外发现更早期的诱人历史:当时人们重复使用坟墓,尸骨混合在一起,在此期间,男人和女人对死亡的反应是不一样的。接着他开始研究古老的仪式和中世纪死亡之舞(danses macabres)的诗节,然后一发不可收拾。阿利埃斯和妻子贝琳洛丝每个周末都去拜访国家档案馆,如此三年,他们查阅了16世纪到18世纪的遗嘱。他把自己全部奉献给死亡的故事。"没有回头路!"阿利埃斯回忆说,"我失去了所有自由;从现在开始,我完全投入到不断扩大的文献搜集中。"阿利埃斯逐渐得出结论:一千年以来,死亡越发变得私人化,最后隐身于无形;在这个过程中,它也变得狂乱起来。在中世纪早期,死亡再寻常不过,这是更简化的共同行为。"我们都会死。"美好人生的标志是,知晓终点近在咫尺。钟声自会响起,人

"快乐的卡尔顿人"表演

在死前会听到自己房间地板上的三声敲打。1151年图卢兹的一则铭文记录下纳博讷的圣保罗(Saint Paul de Norbonne)的祭衣间管理人如何"看见死亡站在他身旁",如何立下遗嘱、祈祷,然后死去。在亚瑟王传奇中,国王班看见自己的城堡在燃烧,从马上跌落下来,望向天空恳求道:"哦上帝啊……帮帮我,我看见,我知道我的大限将至。"**我看见,我知道。**阿利埃斯在书中用黑体强调这几个字。别人问亚瑟的外甥高文:"啊,尊敬的阁下,你觉得自己很快会死?"他回答说:"是的。我告诉你,我活不过两天。"

> 他的医生、朋友、神父(后两者缺席或被遗忘)对此知道的都不如他自己知道的多。只有这个将死之人能说出自己还剩多少时间。

阿利埃斯着迷于发现留存下来的古老习俗片段。1959年,阿利埃斯出版《我们的死亡时刻》近二十年前,一位名叫梅莱特·汉扎考斯的擦鞋匠在俄亥俄州北部的布赛勒斯开始为死亡做准备。大家都叫汉扎考斯"麦克",一战后,他从希腊的斯巴达地区移居纽约市。1930年代,他定居在布赛勒斯,在那里擦鞋、种菜、开小货车(红灯行,绿灯停)。他没有和说英语的人成婚,也不太说英语。七十七岁时,他身上无非有些普通的小毛病。在他生命的最后一年,汉扎考斯选定了墓址,请人在墓碑上刻字(除了死亡日期),照看他的坟墓,为葬礼预订鲜花(用蓝白丝带扎,那是希腊的颜色),给当地报纸写了讣告(报纸拒绝在其在世时刊载)。他可能读过圣公会牧师杰里米·泰勒1651年撰写的《神圣死亡的规则和做法》中的这段话:"当死亡攫取你心脏的一部分时,它就离得太近了,因此现在你别无选择,只能挖好你的坟墓,在你眼前安置好你的棺材。"

在节礼日，汉扎考斯请他的姐姐康斯坦丝、她的儿子及其一家从密歇根开车来看望自己。他们在城里的 LK 餐厅吃了汉堡，检视了他的坟墓（他对此自豪，而他们感到沮丧），然后一起挤进汉扎考斯在一间机器商店楼下的一室公寓里。擦鞋匠拿出几坛自制罐头蔬菜，还有几个装着现金的信封。他的外甥竭力拒绝旧鞋刷这份礼物，对此汉扎考斯说："不，孩子，我不再需要任何东西了。"说完他朝着厨房餐桌迈了一步，然后摔倒在地上。医生赶来前他已经去世了。公寓墙上挂着 1960 年的十张日历，汉扎考斯深知自己不会再经历这一年了。

1960 年初，汉扎考斯预见自己死亡的故事以"准时死亡的人"为题刊载于《生活》杂志。几年后，罗切斯特大学精神病学教授乔治·恩格尔注意到这个故事，他住在纽约上州，专门收集此类新闻。和巴克一样，恩格尔对因过分沉溺情感或过分确信命运而暴毙的案例很有兴趣。巴克 5 月旅行时曾在恩格尔的医院做过演讲，他一回英国，就有该院的精神科医师给他写信。他们都对神秘的事感兴趣。恩格尔常提到约翰·亨特医生因放纵情感而死，巴克还是圣乔治医学院的学生时曾试图搜寻亨特的鬼魂。恩格尔深受艾伯凡灾难的震动。为研究悲伤时的激素分泌而进行的医学实验中，恩格尔会播放艾伯凡弃置场滑坡的影片，他自己常常因此流泪。

恩格尔在六十多岁时收集到 170 个突然死亡或因害怕而死的病例，这些病例大多是在媒体报道中找到的。他把它们分为八类，包括"因失去地位或自尊"、"极度悲伤期间"以及"危险过后"（地震后，不少人因此而死）。如同巴克，恩格尔希望拓宽精神病学的边界，更多关注我们的情感对心理造成的影响。1980 年，他写了一篇里程碑式的论文，呼吁为医学建立一种新的"生物社会心理学模式"，该模式不仅考量患者的身体，还关心他们的精神状态及其所处的社会。他见证了反安慰剂效应的时代。而且，恩格尔和巴克一样，他内心的动力不完全是出于理性。恩格尔的双胞胎兄弟弗兰克也是一位杰出的医生，1963年7月11日，弗兰克突然死于心脏病发作，年仅四十九岁。两兄弟的关系非常亲近，他们自孩提时代就很优秀，在医学职业生涯中，两人既是对手，也是伙伴。他们互称"另一个"，即"另一个人"。

他的兄弟去世后，恩格尔确信自己的生命也将走到尽头。他看见死亡正向他走来。然后，他脑海中出现了一个奇怪的念头：如果他能撑过双胞胎兄弟去世后的那一整年，他之后就能过上正常生活。"我完全明白这个想法的荒诞之处，然而我无法驱散这个念头。"恩格尔回忆道。1964年6月9日，他兄弟去世后不到十一个月，距离一场棘手会议仅剩几个小时，恩格尔和约翰·亨特一样根本无心参加会议，这时他预想中的心脏病发作了。他正在罗切斯特大学的办公室里，他并没有感到恐惧。"病发时，我的反应是如释重负。我不仅可以逃脱讨厌的会议，也不必再盼望心脏病发作，好比另一只鞋落下来了，"1975年，这位精神科医师在一篇出色的论文中写道，"我感到宁静、安详。等待终于结束了。"我看见，我知道。

费尔利曾请巴克解释人为什么会恐惧致死。这位精神科医师说，他认为有两种可能的机制。"我认为暗示是很重要的，"巴克说，"但另一方面，我认为某一时刻的死亡是预设好的。"他放慢语速，小心地斟酌措辞。"因此，我们可以说，在某种程度上……这是不易改变的。"换言之，在"巫毒死亡"的案例中，你很可能让某人惊吓到心脏停止跳动。如果对象是小鼠，你就修剪它们的胡须。但是，还有一种可能是某人的死亡近在眼前，随时可能发生。警告不会触发死亡。未来已定。一些人能瞥见他们的命运，但大多数人永远不会。

在什鲁斯伯里的考伯斯恩医院，这位精神科医师的理论即将在自己身上得到验证。巴克进入了他多年来研究与思索的预期死亡的状态。有一次，他告诉简说自己会英年早逝。他似乎并不害怕。可能因为他想到自己或许是正确的。他接近了那个巨大的秘密，他成了万物机理的一部分。

预兆局运行的十八个月里，有许多迹象显示巴克走上了歧途。当他在医学刊物上描述自己的观点，同行们告诉他这很不像样且令人尴尬。甚至当利特尔约翰和视野狭窄的NHS官员想要阻止他的著作出版，某种程度上他们是在维护巴克的名声。当他生命中一件真正可以预防的悲剧发生了——老旧的医院燃起大火，到处是没人会用的警报和水管——预兆局对此毫无用处。预兆局97%的预言都没有应验。它的明星知觉者认为自己被错待，被利用了。所谓错觉的定义，并不是对世界的错误信念，而是指当能证明你是错的证据摆在你眼前时，你依然拒绝改变的那种信念。假设没有成立。在现实原则面前，快乐原则被取消了。我们最深切的希望和最夸张的恐惧很少成为现实。预测误差贯穿大脑，把老虎逼回阴影中。预言降格为巧合。你的心率变慢了。实验无法重复，模式并未外溢。

但是，如果这场实验恰巧描述了你的生活，这意味着什么呢？而且，如果在你身上模式确实成立呢？我们的生命不是可以从头再来的测试。预兆局的准确率是3%，最终，巴克发现自己正属于那3%。独特性，准确性，时机。有人预感他会死，而我们看到了可观察的现实。我看见，我知道。

8月中旬，巴克出院了。医生允许他回去工作，但建议他慢慢来。没人能解释他为何头疼。大约四分之一蛛网膜下出血的患者会被误诊。医生忽略了那些迹象。在谢尔顿医院的最后一周，巴克像往常

August 20, 1968

Dear Mr. Hencher,

I regret to have to inform you that Dr. Barker died suddenly on Tuesday, August 20 last.

Yours sincerely,

Consultant's Secretary.

Mr. Alan P. Hencher,
27, Lodge Avenue,
DAGENHAM,
Essex.

亨彻死亡笔记的细节

那样巡视病房。他正在研究一些关于恐惧的新想法。米德尔顿小姐给他寄来关于温莎公爵夫妇的警告。"我像往常一样记录了这则预言！"他回复道。周五，巴克去辖区北部的惠特彻奇拜访了一名患者。那名患者后来还记得他"非常友善、礼貌和坚持的建议"。第二天，这位精神科医师向他的朋友伊诺克医生及其夫人挥手告别，后者要去兰迪德诺短暂度假。这是巴克一家人在约克尔顿的最后一个周末。几天后，他们就要搬去新居。周日早晨，其余家庭成员都在楼下，这时他们听见楼上传来巴克的粗喘声。他躺在卧室的地上。简走到他身旁。他大脑中的一根血管爆裂了。他在很短的时间内尚有意识。他曾写道，"也许正是因为这一切显然不可能，才让我着迷"。在那一刻，晴天霹雳之前，没有什么是不可能的。然后，未来崩塌了。

尾声

1968 年 8 月 20 日,约翰·巴克在什鲁斯伯里的医院中去世。他的死亡以及之前的警告,成了《通灵新闻》的头版报道。他去世的前一天早晨,米德尔顿小姐醒来,再次感到一种窒息感。她高喊救命。巴克死后,她把自己的大多数预感寄给纽约的中央预感登记处。她于 1999 年去世,临终时是莱斯·巴恰雷利在照顾她,她的猫也在她身边。彼得·费尔利因在英国电视上报道登月、NASA 在六七十年代的太空任务,而成为人尽皆知的"太空代言人"。他于 1998 年去世,享年六十七岁。巴克去世后,艾伦·亨彻不再与预兆局联系,他搬到了萨福克郡。简·巴克后来再婚,婚姻幸福,她于 2014 年去世,享年九十岁。

1970 年代,预兆局继续收集英国公众的幻视和不祥预感。詹妮弗·普雷斯顿细心地将其一一分类。她欢迎超自然调查者和记者去她在南伦敦查尔顿的家中拜访,但她一直盼望有人能重新严肃对待这个项目。"他们急切地想听关于预感、女巫或吵闹鬼的故事,"1973 年她告诉《晚间邮报》说,"但似乎没有人想做一点建设性的事情。"实验结束之际,普雷斯顿收集了 3000 多条预言,其中约 1200 条预言经过核实,归档在她家中的柜子里。从没有人就这些预言发出过预警。

致谢

我永远感激约翰·巴克的孩子们——奈杰尔、约瑟芬、朱利安和西蒙——感谢他们信任我,允许我写下他们父亲的故事。你们分享了照片、信件、成绩单、老式录音带和珍贵的童年回忆,让我把这个故事完整拼凑出来。一切错误和过失都属于我。我只希望我做到了忠实记录。感谢你们。

彼得·费尔利的儿子邓肯和阿拉斯泰尔特地找出了关于预兆局的照片、书籍和任何只言片语。詹妮弗·普雷斯顿在预兆局丧失了最初的动力后,多年来守护和保存这个机构,她的孩子乔纳森·普雷斯顿和阿拉贝拉·普雷斯顿也给予我许多帮助。我要感谢艾伦·亨彻的亲属,他们确认了其成长过程中的重要细节。如果没有德里克·森纳斯和米德尔顿小姐长期的朋友、学生与邻居克里斯汀·威廉斯的帮助,我根本无法公正地(如果我果真做到了)还原米德尔顿小姐的生活与思想。

谢尔顿医院依然健在的员工,包括罗茜·莫里斯、戴维·伊诺克、罗伯特·昆林、哈利·希恩,他们向我提供了1960年代到1970年代初,关于这家医院的日常生活和病房巡查的短暂的珍贵记忆。J.基思·卡宾斯关于在谢尔顿医院工作的早年回忆录《通往地狱的候诊室》也很有启发。我要感谢萨拉·戴维斯和什罗普郡档案馆的员工,你们引领我寻觅医院的记录，感谢你们在因大流行而中断的拜访期间给予我的一切帮助。皇家精神科医师学院的驻院历史学家克莱尔·希尔顿在我研究期间，慷慨给予我宝贵的知识与支持。希尔顿在老年精神病患者、精神医疗改革和芭芭拉·罗布的运动机构 AEGIS 方面的学识，构成我书中许多内容的基础。剑桥大学保留的精神研究协会的档案中，囊括了巴克的写作与通信中的重要部分，这一切使我相信完成本书的写作是可能的。

查克·拉波波特关于艾伯凡的经历与照片一直是我的灵感来源，很荣幸我能在书中再现这两者。杰里米·迪兹、鲍勃·特雷弗、马格努斯·林克莱特特别帮助重现了 1960 年代弗利特街的氛围与细节，以及《标准晚报》编辑部中的共鸣。我希望这一切读起来还算地道。我欠独立研究者们许多人情，他们向我提供了别处无法找到的信息和分析。其中包括欧文·戴维斯及其著作《超自然战争》、露西·诺克斯的《为祖国而死：二战中英国的死亡、悲痛与丧亲》、伊丽莎白·罗滕贝格的《因为热爱精神分析：弗洛伊德与德里达的概率游戏》以及阿西夫·西迪基关于弗拉基米尔·科马罗夫不幸的联盟 1 号飞行的细致分析。CH Media 的编辑本杰明·威兰在帮助我理解 1967 年塞浦路斯环球航空坠机事件的背景时倾尽所有。拉里·泰伊与我分享了他关于博比·肯尼迪如何理解命运的见解。

卢瓦纳·科洛卡、法布里齐奥·贝内代蒂、特德·凯普特查克、朱利奥·翁加罗和谢莉·阿德勒帮助我理解反安慰剂效应。彼得·肯尼迪告诉我他父亲沃尔特的研究背景以及如何命名这种现象。我十分依赖我的朋友和同事的报道：雷切尔·阿维夫记录了瑞典的放弃生存综合征以及卡尔·萨林对这一情况的洞见。菲利普·科莱特耐心地解答了我关于预言、知觉和错觉的问题。马丁·塞缪尔斯向我推荐了乔治·恩格尔的研究，并向我解释了他自己开创性的神经学研究，内容关于大脑及其与包括心脏在内的其他重要器官的联系。每个人都态度开放，保持好奇，且认真对待巴克长久研究的议题。

当你试图书写时间以及我们在其中的位置，你必定会处于杰出作家的阴影下，当思考本书主题时，我特别感谢（有时又感到气馁）安妮·迪拉德、卡洛·罗威利、J. B. 普里斯特利、夏洛特·贝拉特、约翰·伯格、奥利佛·萨克斯、玛丽娜·沃纳、安迪·克拉克、W. G. 泽巴尔德、阿瑟·库斯勒、菲利普·阿利埃斯、珍妮特·马尔科姆和约翰·格雷等作者。来自赫尔斯顿的科努比恩艺术与科学信托（CAST）的特里萨·格莱多和来自伦敦的"第二家园"的罗恩·席尔瓦为我提供了工作场所。在大流行期间，萨马拉·克拉克为我的家人带去了时间和无穷的、饱含爱意的支持。

我有幸与杰出的杂志编辑一起工作，他们是艾丽丝·菲什伯恩、艾伦·伯迪克、克里斯·考克斯和乔纳森·沙宁，他们知道我在写这个故事，用各种方式多次鼓励我完成它。我要再次感谢《纽约客》的同事戴维·雷姆尼克、多萝西·威肯登、丹尼尔·扎莱夫斯基和维林·戴维森，他们委任我写作这个故事，并于 2019 年 3 月刊载了杂志文章《预兆局》，然后给了我更多时间完成这本书。扎克·赫尔方核实了原始故事，让我确信自己在脚踏实地。原来"隐形预兆局"只有一个 Whatsapp 的距离。维林、吉迪恩·刘易斯·克劳斯、本·鲍尔、苏·威廉斯、威尔·卡尔和 AC. 法斯塔德读过本书的初稿，他们一直向我提出建议，给予友情支持。乔纳森·希夫、艾德·西泽、马克·理查德兹、罗丝·加尼特、丽贝卡·塞尔瓦迪奥、汤姆·巴斯登、埃米莉·斯托克斯在关键时刻引导我朝正确方向走去。2006 年，彼得·斯特劳斯突然给我打电话，让我写本书。抱歉，这事拖了那么久。

企鹅图书的威尔·海沃德、费伯出版社的亚历克斯·鲍勒很快就理解我想写的是哪类书，他们以最好的方式鞭策我完成它。娜塔莉·科尔曼和安妮·欧文让本书真的出版了。谢谢你们。在艾特肯·亚历山大，雷斯利·索恩总是支持我。我无法用言语表达我欠了埃玛·帕特森多少，自 2014 年我们认识以来，她在我不知不觉中（但有时并非如此）引导我的工作与写作。你智慧、友善又危险。真幸运我能认识你。来自我的父母比尔和斯蒂芬妮、我的姐妹萨拉的关爱，支持我度过每天，他们给我的爱比他们意识到的还要多。我要感谢我的孩子们：阿姬、特丝、约翰和阿瑟。我非常爱你们。我要感谢所有的魔法源头，无论是神秘的还是真实的，感谢这股力量让我与我的妻子波莉共度一生，这本书是献给你的。

THE PREMONITIONS BUREAU: A True Story
SAM KNIGHT
copyright © 2022 by SAM KNIGHT
This edition arranged with AITKEN ALEXANDER ASSOCIATES
through Big Apple Agency, Inc., Labuan, Malaysia.
Simplified Chinese edition copyright:
2023 SHANGHAI TRANSLATION PUBLISHING HOUSE(STPH)
All Rights Reserved

图字：09-2022-0496号

图书在版编目(CIP)数据

预兆局/(英)山姆·奈特(SAM KNIGHT)著；潘梦琦译. —上海：上海译文出版社,2023.10
(译文纪实)
书名原文：THE PREMONITIONS BUREAU: A True Account of Death Foretold
ISBN 978-7-5327-9345-7

Ⅰ.①预… Ⅱ.①山… ②潘… Ⅲ.①纪实文学-英国-现代 Ⅳ.①I561.55

中国国家版本馆 CIP 数据核字(2023)第 181056 号

预兆局：一个真实的故事
[英]山姆·奈特 著 潘梦琦 译
责任编辑/张吉人 装帧设计/邵旻 观止堂_未氓

上海译文出版社有限公司出版、发行
网址：www.yiwen.com.cn
201101 上海市闵行区号景路159弄B座
启东市人民印刷有限公司印刷

开本 890×1240 1/32 印张 5.75 插页 2 字数 103,000
2023年10月第1版 2023年10月第1次印刷
印数：00,001—10,000 册

ISBN 978-7-5327-9345-7/I·5834
定价：48.00元

本书中文简体字专有出版权本社独家所有，非经本社同意不得转载、摘编或复制
如有质量问题，请与承印厂质量科联系。T:0513-83349765